鲜花感恩雨露的滋润，
苍鹰感恩蓝天的壮阔，
大地感恩春光的芬芳……
一句问候，一点关爱，一个笑容……
你的感恩，请从这里开始。

感恩亲人

令中国学生温暖一生的真情时刻

The moments of true feelings will

Bring us warmth for ever

总策划/邢 涛　主编/龚 勋

汕头大学出版社

序言/FOREWORD

感恩是一种做人的基本道德准则，是一种为人处世的哲学，也是一种生活中的大智慧。感恩教育的内涵十分丰富，包括：感恩无私的父母，感恩朝夕相处的朋友，感恩诲人不倦的老师，感恩给予自己温暖的亲人，感恩发人深思的生活，感恩激励一生的青春岁月……

这套"感恩阅读书系"是为同学们量身定做的一套课外读物，书中所选故事风格清新隽永、真挚感人，能触动同学们心中最柔软的角落，激发大家的感恩意识。同学们拥有了感恩之心，就会对他人充满爱心，也就拥有了做一个高尚的人的思想基础。此外，这套书还有一个特色，那就是文后附有"写作技巧"，因此，同学们在阅读美文的同时，还能从文后的"写作技巧"受到点拨，提高自己的作文水平。

愿这套书能将感恩的种子播种在同学们的心田，开出爱的花朵。

语文特级教师　洪艳

目录/CONTENTS

爱的表达方式

文/佚名

面对"爱的表达方式"这个题目，每个人都有自己的理解，
而他是用生命解答的。

我在接受潜能培训时培训师出了一个题目叫"爱的表达方式"，要求我们每人说一种，但不许重样。轮到一个叫秦侬的女孩时，她给我们讲了一个故事——

有一对年轻夫妇都是生物学家，很恩爱，经常一起深入原始森林去考察。有一天，他们像往常一样钻进了森林，可当他们爬过那块熟悉的山坡时，顿时愣住了，一只老虎正对着他们。他们没带猎枪，顿时脸色苍白，一动不动。老虎也站着，僵持了几分钟，朝他们走来，然后开始小跑，而且越来越快。就在这时，那个男的突然喊了一声，然后自顾自

地飞跑开了。奇怪的是，已快到那女的面前的老虎也突然改变了方向，朝那个男的追了过去。随后那边就传来了惨叫声，而那女的却平安地逃了回来。

这时候，几乎所有人都说了声："活该。"秦依问我们，知不知道那男的喊的是什么。然后，她告诉我们，那个男的对他妻子喊的是："照顾好依依，好好活下去！"秦依的脸上已经挂满了泪水。面对着大家的惊愕和不解，她接着说道："那种情况下，老虎绝对只会攻击逃跑的人，这是老虎的本性。在最危险的时刻，我爸爸一个人跑开了，但他却用这种方式表达了对我妈妈和我的最真挚的爱……"

教室沉寂一会儿，随之爆发出热烈的掌声。

写作技巧 / Writing Skill

先抑后扬的手法，使文章更精彩：在故事的前半段，那个逃跑的男人似乎是十分可鄙的，但在后半段，秦依道出了男人"逃跑"的真相。这样的写法使文章的情节曲折生动，从而给读者留下更为深刻的印象。

爱的箴言 / Loving Speaking

人世间最难以形容的是一个"情"字，最让人撒不开、放不下的，也是一个"情"字。真正爱一个人，可以无私地为之付出一切，甚至包括自己的宝贵生命，这就是一个丈夫、一个父亲对"情"字的倾情解读。

爱的礼物

文/佚名

一条带着心形吊坠的金链子戴在了我的脖子上，
它让我感受到了爷爷和姐姐双倍的爱。

现在是圣诞节凌晨4点。姐姐叫醒了我，我们用最快的速度轻手轻脚走过大厅。屋子的最里面，爸爸、妈妈正安静地睡着。这一天我等了整整一年，一天一天地在日历上做记号、数日子。我简直控制不住自己，我最想做的就是拆开我的圣诞礼物。

当我们走进小房间的时候，我的第一感觉就是冲向那些堆成一圈的礼物，但有某种东西让我犹豫了。我带着一种不可思议的心情欣赏着房间，希望这一刻能够永远留存。姐姐在我旁边静静地站着，我们盯着那棵美丽的圣诞树。树上灯光闪烁，装饰品闪闪发光，而我们的金色小星

　　星正轻盈地挂在树尖上。这是我见过的最美妙的景象了。

　　在旁边的桌子上，我们留给圣诞老人的小甜饼已经不见了，那里只留下了一张小纸条，上面写着："谢谢你们，祝圣诞快乐。"我吃惊得瞪大了眼睛，我终于找到了圣诞老人存在的证据。就在这时，姐姐递给我一个小包裹。"这是我送你的礼物。"她轻声地说，腼腆地笑着。

　　我用颤抖的手指慢慢地打开包裹，里面放着姐姐最喜欢的项链。那是一条带着心形吊坠的金链子，是两年前爷爷送给姐姐的礼物。在我眼前，顿时浮现起当时的情景，而圣诞老人的纸条则暂时被遗忘在一边了。

　　姐姐用手臂揽过我，说："他原先是打算今年也送你一条的，但是……"她顿了一下，轻轻擦了擦眼睛，继续说："可惜，他没有这个机会了。"爷爷是在复活节早晨去世的——突发的心脏病夺去了他的生命，这是对我们全家的巨大打击。那几天妈妈总是躲在人后，偷偷地掉眼泪。姐姐故作轻松地耸了耸肩膀，说："所以，你应该接受我的礼物。"

　　我小心地捧着项链，仿佛它是用世界上最纯的黄金做成的。它看起来比圣诞树上的灯光还要闪亮。"让我帮你戴上它吧。"姐姐一边说，一边把项链戴在我的脖子上。

　　那颗心形吊坠紧贴着我的皮肤，感觉很温暖，就好像它有生命一样。爷爷仍然活在我的心里。"你就把这当做是爷爷带给你惊喜吧。"姐姐对我说，她仿佛看透了我的心思。我抓住她的手，用尽力气紧紧拥抱着她。

　　两小时后，爸爸、妈妈走进小房间，他们看到了一棵美丽的圣诞树、一打未拆封的礼物，还有两个紧紧相拥的姐妹。▣

写作技巧 / Writing Skill

　　立意新颖，情节曲折：在圣诞节的凌晨，姐姐把一条爷爷原来送给她的金项链转送给了"我"。一条金项链，既有祖孙情，也有姐妹情。作者以曲折的情节反映了亲情可贵的主题，让人感动。

爱的箴言 / Loving Speaking

　　姐姐将一条爷爷给她的金项链转送给了"我"，帮"我"实现了圣诞梦想。姐妹深情、祖孙深情，尽在这无私的馈赠中。其实"爱的礼物"就是可贵的亲情，它让我们永远感动。

爱的浴衣

文/佩吉·文森特 [美]

一件平平常常的浴衣，
饱含着至真至诚的情，
这就是父母那朴实无华的爱情。

Merry Christmas

牵手走过五十多个春秋，爸爸和妈妈却好像是昨天刚结婚的一对新人，充满柔情蜜意。厮守这么漫长的岁月，他们的爱情似乎历久弥新。

每当妈妈要外出，爸爸总是先去车库将车启动；每到星期天的早晨，爸爸就会早早起床，为妈妈奉上自制的饼干；他不会错过任何机会，告诉她："你今天非常漂亮。"可是，爸爸至今还没学会给自己的妻子买一份不俗的圣诞礼物。

他通常在圣诞节的前一天的晚上溜出家门，一个人到附近的大超市转悠。个把小时后，他神秘兮兮地回到家，拎着那些沙沙作响的塑料袋

子，随后独自与那些五颜六色的包装纸、盒子、带子一直周旋到深夜。可年复一年，藏在圣诞树下给妻子的礼物总是那不变的两样：一盒包装精美的巧克力和一大瓶香水。

妈妈在打开礼盒的时候，总是做出惊喜的样子，然后特意穿过整个房间，在爸爸的额上留下深深的一吻。

有一年感恩节刚过，爸爸忽然向大家暗示：他要为妈妈买一份不同寻常的礼物。我将信将疑：我的爸爸，一个与妈妈相伴了五十多年的人，一个笨拙得没有太多花样的人，这会儿要给妻子送一份特殊的圣诞礼物吗？看得出他早就计划好了，并且对自己的点子相当满意。

12月25日的早晨，我在圣诞树下翻到一个大纸盒，上面是爸爸潦草的字迹："送给我的爱妻。"我使劲晃了晃，没一点儿响声。这回肯定不是盒装的巧克力或大瓶的香水。

我将礼物拿给了妈妈，她满脸疑惑地看着我。我耸了耸肩，我俩一起瞅着爸爸。他则冲妈妈挥着手，催她："快打开啊！"

妈妈小心翼翼地用指甲在纸盒边缘挑了挑——她不想把精美的包装

纸弄破。爸爸在一边不耐烦地喊着："快点呀！快点呀！"他几乎要从椅子上跳起来了。

"亲爱的，这可是一大张纸。来年说不定能派上用场。"

"你要多少包装纸，我统统给你买。现在把盒子打开得了，别在乎一张纸。"爸爸几乎恳求她了。

终于，妈妈揭开了外面的包装纸，她把纸折成原来的1/4大小，放在一边。然后，开始解盒子上的丝带。

爸爸再也按捺不住了。他从椅子上跳了下来，冲上去，不管三七二十一就把丝带给扯断了，还差点儿把盒盖撕破。随后他停住，想了想，又将盒子交给妈妈，坐回了原来的座位，嘴里还不停地念叨："别磨磨蹭蹭的了，快点呀！"

妈妈打开盒盖，轻轻地揭去一层纸，然后从盒内抖出一件粉红色的衣物。这是一件棉制浴衣，领口边和衣兜上方绣着白色的雏菊。妈妈嘴角含着微笑，不住地低声细语："啊，比尔，亲爱的……"但她故意避

开了我的眼光，我只得低头瞧着自己的膝盖，咬了咬嘴唇，竭力克制着不让自己当场笑出声来。

"玛丽，在商场第一眼看到那件浴衣时，我就知道它是专门为你做的。我看了看，心想：这样的款式，这样的颜色，简直太适合我的玛丽穿了。所以，我连价钱都没有问，只找了个跟你身材相仿的店员，定下了尺寸，就买了回来。"爸爸眉飞色舞地叙述着他挑选礼物的经过。

我对妈妈的缄默大为惊讶：她至今都没有告诉爸爸，他送给她的那件浴衣跟她5年来每天早上穿的那件是一模一样的。她只是偷偷地将那件旧浴衣捐给了慈善机构，然后穿上了这件新浴衣。因为，那是爱的浴衣。📖

写作技巧 / Writing Skill

戏剧性的情节，增强了文章的艺术魅力：爸爸要给妈妈买一份"不同寻常"的礼物，其结果竟是一件妈妈5年来一直穿在身上的旧款式，但妈妈不但不说破，还欣然接受。作者在看似可笑的小事中融入了浓浓的情意，因此艺术效果显得非同凡响。

爱的箴言 / Loving Speaking

未必轰轰烈烈，何须山盟海誓！爱情其实就在生活中的件件小事中，在贴心的相互照顾中。父母的爱情也许找不出什么浪漫的情节，而在一天天平淡的生活中却充满了温馨。也许只有这样真挚朴实的爱情，才能经得起时间的考验。

爱吃鱼头

文/刘墉 [美]

在最贫穷的日子里，母亲把鱼头留给了自己，
却把无私的爱献给了家人。

我有一位长辈，以爱吃鱼头闻名。

每逢她家里吃鱼，子女们总是把鱼头先夹到她的碟子里；朋友们聚餐，大家也必然将鱼头让给她，只是在外面她比较客气，常婉拒大家的好意。

不久前，她去世了。临终，几位老朋友到医院探望她，有位太太还特别烧了个鱼头带去，那时她已经无法下咽，却非常艰难地道出一个被隐瞒了几十年的秘密：

"谢谢你们这么好心，为我烧了鱼头。但是，到今天我也不必瞒你

们了——鱼头虽然好吃，我也吃了半辈子，却从来没有真正地爱吃过，只是家里环境不好。丈夫、孩子都爱吃鱼肉，我吃了，他们就少了；不吃，他们又过意不去，只好装作爱吃鱼头。我这一辈子，只盼望能吃鱼身上的肉，哪曾真爱吃鱼头啊！"

如今，每当我听说有人爱吃鱼头，总会多看他几眼，心想：他是"爱吃鱼头"呢，抑或"吃鱼头为了爱"？圖

写作技巧 / Writing Skill

精彩的结尾，使文章充满回味：结尾那句（他是"爱吃鱼头"呢，抑或"吃鱼头为了爱"？）看似双向选择的疑问句式，其实是对亲情的肯定。这样的笔触真挚感人，愈加突显了亲情的伟大，文章也因此而令人回味无穷。

爱的箴言 / Loving Speaking

有一种爱一生不求回报，那就是父母给我们的亲情；有两个人值得你一生去爱，那便是父母双亲。我们感受到的很多幸福，都是父母赐予我们的，而他们却付出了无尽的辛劳。日渐长大的我们，是否应该以感恩之心去报答他们呢？

爱要了解

文/佚名

只有心与心的交流，
才能融化亲人间误解的坚冰，迎接爱的新生。

现在，我面临着一个决定。当我把洗好的衣服分别放进各个卧室的时候，无意中发现了我那13岁妹妹的日记本。它像一个现代的潘多拉盒子，里面充满了诱惑。我该怎么办呢？我一直都很嫉妒妹妹。她拥有迷人的微笑、可爱的个性，并且多才多艺，这些都威胁着我在家中的地位。我暗暗地和她较劲，越发憎恨她的才能。因此，我总是找机会批评她，并且急切地想超过她。现在，她的日记就放在我的脚边，我没有细想打开的后果。我考虑的既不是她的隐私权或我的行为的道德性，也不是可能会带给她的伤害。我只不过想知道是否有这样一种可能性——从日记中查到一些罪证，来打破我的竞争者一贯优秀的记录。我给自己找了个借口，把自己的坏念头定义为姐姐的职责。检查她的一言一行，是我作为姐姐的责任。如果不这么做，才是错误的。

我有点迟疑，几次碰了碰地板上的日记本，但最终还是打开了它。我飞快地翻着书页，寻找我的名字，确信一定能找到一些蛛丝马迹。可是当我往下看时，血液一下子冲上了我的头，因为我看到的比我想象的还要坏。我感到一阵晕眩，瘫坐在地板上。日记里既没有阴谋，也没有诽谤，只有她对自己的简单陈述、她的人生目标和梦想，其中还描述了一个对她影响和鼓励至深的英雄。我开始哭了。

我就是她所描述的那个英雄。她崇拜我的个性、我的成就，让我觉

得有点讽刺意味的是，她还崇拜我的正直。她的理想是成为像我这样的人。这些年来，她一直在悄悄地观察我的一言一行。我没有勇气继续读下去了。由于对她的误解，我花了太多的精力和她作对了。

我浪费了这么多年的时间来憎恨一个有魅力的人，而现在还践踏了她对我的信任。于是我暗下决心，再也不犯这样的错误。

妹妹日记中真诚的话语融化了裹在我心上的坚冰，我认为我应该重新去了解她。在那个意义不一般的下午，我把洗好的衣服放在一边，站起来准备主动去找她。这一次，我是去感受而不是审判，是去拥抱而不是争斗。毕竟，她是我的亲妹妹啊。🔲

写作技巧 / Writing Skill

细致入微的内心独白，使文章读来细腻感人：原本妒嫉的姐姐偷看了妹妹的日记，最终认识到自己的错误，准备主动和妹妹捐弃前嫌。作者将姐姐的心理转变过程以内心独白的形式细致展开，一路读来可谓真实感人。

爱的箴言 / Loving Speaking

可爱的妹妹用真诚的文字，也是发自她心底真诚的声音，化解了裹在姐姐心上的坚冰。爱的确是要了解的。当你真正洞悉亲人那火热而真挚的爱心，当你真正明了亲人那博大而宽容的胸怀，你就会被爱的力量所征服，心甘情愿做一个爱的俘虏。

爱在心里有多重

文/佚名

爱是无形的，却又是最重的。
对爱人的那份牵挂和担忧，比任何压在背上的负荷都要重……

在 医院里，一个中年妇女背着她丈夫爬楼梯，他们要去四楼。丈夫足有80公斤重，可她却走得毫不停顿，在二楼时还遇见了一个送氧气瓶的工人——他扛着一个中型氧气瓶也正在爬楼，累得气喘吁吁。

工人看见中年妇女背着一个很胖的男人上楼，心里很吃惊，于是紧赶了几步对她说："大嫂，你体力很好啊！你看我扛50公斤的氧气瓶都累得不行，你背的大哥怎么也有80公斤，你却走得比我还快！"中年妇女说："你扛的只是一个氧气瓶，而我背的却是我丈夫！"说完，几步又把工人甩在了后面。

工人心想，亲情或爱情的力量果然大，看这个瘦弱的大嫂背着她的亲人却一点儿也感觉不出重，于是他感慨着把氧气瓶扛上了顶楼。当他下来的时候，在四楼的走廊里又看见了那个大嫂，此时她正蹲在走廊里，把头埋在膝上，满头的汗水。于是他走过去，好奇地问："大哥呢？"中年妇女抬起头说："送进去抢救了！"他又问："刚才你背他上楼都没有累得满脸淌汗，怎么现在站都站不起来了呢？"中年妇女说："我是在为我的丈夫担心啊！"

工人忽然明白，真正的重量是压在大嫂心上的。她心中的那份牵挂、担忧，比起任何压在背上的负荷都要重得多啊！🔲

写作技巧 / Writing Skill

以巧妙的对比描写，彰显主题：上楼时，工人扛着50公斤的氧气瓶都累得不行，中年妇女背着80公斤的丈夫却走得比工人还快。这一鲜明的对比，突显了中年妇女对丈夫深深的爱。

爱的箴言 / Loving Speaking

在生活中，我们每个人的心中都装满着对亲人的沉甸甸的爱。而亲人给予我们的爱更是沉积在我们内心的最深处，无时无刻不给我们以温暖的能量。爱让我们的心灵充实而美好，也让我们力量倍增！

爱之壳

文/冯俊杰

真爱总喜欢穿上迷惑人的外衣：或是抱怨，
或是凶巴巴，或是不耐烦。但是，你千万别误解它。

他 是父亲，可是一想起调皮的儿子就火大，他常常在妻子面前满脸厌恶地谈论儿子："瞎扯，这小子我一点也不喜欢。他害我走神掉进坑里，还恶作剧地打了我的头，把我最心爱的茶花踩个稀烂……"他滔滔不绝。

但是，妻子含情脉脉地看着他，他被看得发毛。

"你盯着我看什么？"他问。

"你说完了？"妻子问。

"完了。"他说道。

妻子转身，微笑道："我每次回娘家，我都对我妈讲你的不好。我总是对我妈说：都怪你，让我嫁给一个又老又丑的人，不但又老又丑，脾气也不好，而且还不温柔体贴……"

她没有看着他，却说了一句他一辈子也忘不了的话："可是，当我说着这些的时候，我又恨不得马上回到你的身边来。"

他的手紧紧握住她的手。窗户外面，那调皮的小男孩又踩了他心爱的茶花。他仍然板着脸冲外面叫骂了一声，回过头却使劲偷笑。他觉得他是世界上最幸福的父亲。

你瞧，真爱总是喜欢穿上一件迷惑人的外衣，有时候是抱怨的，有时候是凶巴巴的，有时候是不耐烦的。但是，我们可千万别误解它啊！

写作技巧 / Writing Skill

精彩的结尾令人回味："真爱总是喜欢穿上一件迷惑人的外衣"，其比喻可谓新奇而又恰如其分：爱披着外衣，可谓新奇；爱需要真正理解，可谓恰如其分。这一结尾是对故事的总结和升华，令人回味无穷。

爱的箴言 / Loving Speaking

蚌的外壳是坚硬的，可你一旦打开那外壳，就会发现它的肉是柔软的。亲人的爱有时候也是有外壳的，它看上去扎眼，听起来刺耳，可你一旦打开那外壳，就会发现它的内核也是柔软的，而且一定有一颗凝结着爱的珍珠。

被划掉的名字

文/佚名

"谁是我们最重要的人？"

我们很难在最亲的人当中做出取舍，因为"亲情"两字实在太沉重。

听 说过这样一个故事：

在美国的一所大学里，快下课时，教授对自己的学生们说："我和大家做个游戏，谁愿意配合我一下？"一名女生很快走上台来。

教授说："请在黑板上写下你难以割舍的20个人的名字。"女生照做了，她写了一连串自己的邻居、朋友和亲人的名字。

教授说："请你划掉一个这里面你认为最不重要的人。"女生划掉了她的一个邻居的名字。

教授又说："请你再划掉一个。"女生又划掉了一个她的同事。

教授再说："请你再划掉一个。"女生又划掉一个……

最后，黑板上只剩下了四个人——她的父母、丈夫和孩子。

教室里非常安静，同学们静静地看着教授，感觉这似乎已不再是一个游戏了。

教授平静地说："请再划掉一个。"女生迟疑着，艰难地做着选择……她举起粉笔，划掉了自己父母的名字。

"请再划掉一个。"教授的声音再度传来。这名女生惊呆了，她颤巍巍地举起粉笔，缓慢地划掉了儿子的名字。紧接着，她"哇"的一声哭了出来，样子非常痛苦。

教授待她稍微平静后问道："和你最亲的人应该是你的父母和你的孩子，因为父母是养育你的人，孩子是你亲生的，而丈夫是可以重新去找的，但为什么他反倒是你最难以割舍的人呢？"

同学们静静地看着那位女生，等待着她的回答。女生缓慢而又坚定

地说：“随着时间的推移，父母会先我而去，孩子长大成人独立了，肯定也会离我而去。能真正陪伴我度过一生的，只有我的丈夫！”

其实这是一节心理课，主题是：谁是我们最重要的人。

那么，你也了解自己内心深处所渴望的恒久慰藉吗？换言之，你清楚自己最终将情归何处吗？不管男人还是女人，临终前，你最希望是自己的亲朋好友，还是至亲爱人陪伴在你的身边呢？

随着“只要曾经拥有，不求天长地久”的可以挥霍、可以重复修饰的青春年华一点点逝去，逐渐长大成熟的我们，已不愿去做自己或他人感情记忆的碎片，我们实际上已变得更加渴望葆有持久而深刻的情感心理体验……▩

写作技巧 / Writing Skill

以小写大，发人深思：作者以一堂心理课为切入点，完整而立体地展示了亲情在人们内心深处的地位和分量。故事虽小，却发人深思，达到了很好的艺术效果。

爱的箴言 / Loving Speaking

父母是赐予我们生命的恩人，孩子是我们生命的另一种走向，爱人是陪伴我们一生的伴侣和生命终点的慰藉。这些可贵的亲情，让我们的人生是那样的富有且充满光明！

车门上的痕迹

文/高振桥

"美洲虎"轿车的门上有一块砖头砸过的痕迹，
那是有关兄弟情谊的一段感人记忆。

约瑟经理事业有成，踌躇满志。

这一天，他开着新买的"美洲虎"轿车在大街上飞快地行驶着。到一个停车场附近的时候，他放慢了速度，因为他害怕有小孩子从停放的车辆中间突然跑出来而来不及刹车。

约瑟经理的车缓缓地开过停车场的时候，并没有小孩子跑出来，却有一块砖头飞了出来，"咣"的一声砸在了乌黑锃亮的车门上。

约瑟经理马上踩下了制动器，停下车，然后把车倒回到了砖头飞出来的地方。

他飞快地下了车，抓住了那个扔砖头的小男孩，并揪住他的衣领，把他按到一辆停放着的车的车身上。

他冲那个孩子喊道："你是怎么回事？你到底要干什么？"他火冒三丈，继续喊道："那是我新买的车。知道吗，你那一砖头会让你爸爸掏很多钱！你为什么要用砖头砸它？"

"对不起，先生，实在对不起！可是，我没有别的办法。"小男孩用哀求的目光看着约瑟经理，接着说，"因为我不这样做，谁都不肯停下来。"

说到这里，小男孩流下了眼泪。他手指着停车场对过说："那是我哥哥，先生，他从轮椅上滑了下来，摔到路边了，可是我搬不动他。"

小男孩一边抽泣，一边恳求约瑟经理："请您帮帮忙，把他扶到轮椅上去好吗？他受伤了。"

听到这里，约瑟经理非常感动。

他放开小男孩，使劲咽下涌到喉咙上来的热乎乎的东西，然后一声

不响地跟着小男孩来到他哥哥身边，把他抱到轮椅上，并掏出自己的手帕替他擦去划伤处的血迹。他把兄弟俩安置妥当，然后看着小男孩推着哥哥回家去了。

返回"美洲虎"轿车的那几十米路，对约瑟经理来说是那么漫长，因为他走得很慢。

后来，他没有修补车门上的那块砖砸出的痕迹。他要留着它，那是兄弟情谊的一段记忆。

写作技巧 / Writing Skill

以人物的心理和感情变化为线索，构架全文：文章从约瑟经理的角度出发，描写了一段有关兄弟情谊的砸车故事。作者巧妙地将约瑟经理的心理和感情变化与砸车故事的发生、发展结合起来，从而使全文浑然一体，感情充沛，别有韵味。

爱的箴言 / Loving Speaking

兄弟本是一体，就像手心和手背。当感受温暖的时候，哥哥可以和弟弟一起分享；当危险来临的时候，兄弟俩都会挺身而出，保护对方。"兄弟"两个字，承载了太多的感情，它是美好亲情的另一种诠释！

沉睡的大拇指

文/威尔逊 [美]

有一种谎言，不是伤害，而是关爱；
有一种谎言，不是欺骗，而是亲情。

从盖尔出生的那天起，他的爸爸、妈妈就开始为他担心了，因为盖尔左手的尾指旁边多长了一根小小的第六指。

转眼间，盖尔已经3岁了，父母把他送进了幼儿园。可上幼儿园的第一天，他回家后便眼泪汪汪地问爸爸、妈妈和爷爷："为什么我比其他小朋友多了一根指头？迪克说我是个怪物。"大家都沉默了。是啊，随着年龄的增长，盖尔的第六根指头也长大了许多，看上去有点碍眼。

此时此刻，爷爷陷入了沉思，盖尔是那样聪明可爱、乖巧伶俐，他的伤心和自卑令爷爷感到深深的不安。突然，他的目光掠过钢琴架上的雕塑。那是一尊泥塑手雕，大拇指用力地压在掌心里。爷爷像发现什么珍宝似的，会心一笑，把盖尔抱放在自己的膝盖上。

"宝贝，你看爷爷右手的大拇指，它是个小懒虫，从你出生的那天起，他就开始睡觉了，到现在都不肯起来。"爷爷边说边伸出右手，把大拇指蜷缩在掌心，然后让掌心朝上，与盖尔的左手合在一起的时候，正好十个手指，不多也不少。

"我知道了，您的大拇指偷懒、不听话，所以我就替您长了一根手指，是这样的吧，爷爷？"天真的盖尔开心地笑了，充满了自豪。小小的他觉得，这第六根手指担负着重大的责任，它是来帮助爷爷的。

爷爷迅速把这件事告诉了家人和朋友，还请盖尔的老师在班上告诉其他小朋友，盖尔帮爷爷长了一根大拇指。小朋友们非但不再嘲笑盖尔了，还佩服盖尔小小年纪就能帮助大人。

自从和盖尔说过沉睡的大拇指的事后，只要见到盖尔，爷爷右手的大拇指就会条件反射般地蜷进掌心。久而久之，爷爷竟习惯成自然，

时刻把右手大拇指蜷起来，也习惯了用四根指头吃饭、干事。不熟悉的人还真认为爷爷的手原本就是那样的。而盖尔呢，自从听了爷爷的故事后，对第六指便特别关心爱护，冬天的时候还特意涂上一层厚厚的防裂霜，他觉得这是爱爷爷的一种表现。

后来，盖尔随父母去医院做了截指手术，手术很成功，而爷爷的大拇指却永远沉睡，始终无法伸展。

待爷爷去世后，父母将大拇指的真相告诉了盖尔。那一刻，盖尔的心中受到了前所未有的震撼，因为沉睡的大拇指给了他完整的人生，还真真切切地告诉他什么叫伟大的亲情。

写作技巧 / Writing Skill

采用以物（大拇指）为线索的叙述方法：手指是联系祖孙感情的纽带。作者从小孙子盖尔的第六根小指引出故事，直到爷爷的大拇指永远"沉睡"，这种变化体现了爷爷对盖尔深深的爱。

爱的箴言 / Loving Speaking

这个故事，就是爱的奉献之歌。为了我们的健康成长，亲人几乎献出了自己的一切：时间、金钱、感情，乃至健康……亲人的大恩如同阳光，温暖我们的一生。

代孕妈妈

文/策林·臣佐姆 [不丹]

我们在爱中生长，爱也在我们之中生长。
学会给爱让路，我们这个世界才更美好。

尼杜帕是个十分幸福的女子，家境富有，要什么有什么。当嫁给心仪的男孩策林之后，她的生活变得更加幸福。

婚后，小两口儿非常恩爱，可他们的喜悦是短暂的。一天，怀孕的尼杜帕不幸从梯子上摔下来，孩子当场流产。更糟糕的是，医生告诉她，她再也不能生育了。

沮丧的心情使尼杜帕的身体大受影响，策林便提议收养一个孩子，但尼杜帕想拥有丈夫和自己的骨肉。于是，策林提出生一个试管婴儿。

经过努力，他们找到一位名叫迪玛的贫困未婚女子。她同意做代孕妈妈，但要价很高——迪玛想通过这次机会，改变自己的困境。为了满足她的要求，策林和尼杜帕只好在金钱方面做出牺牲。

很快，迪玛怀孕了。从此，迪玛成为策林和尼杜帕生命中最重要的人物。对迪玛来说，生孩子的经历是使人惊奇的事情，这激发了她从未有过的母爱。她认识到自己正在做的事情对尼杜帕的重要性，可母爱使她割舍不下肚子里的孩子。孩子快生了，迪玛内心的斗争非常激烈。她太爱肚子里的孩子了，实在不想生下孩子就和他分离。

经过几个不眠之夜，迪玛终于鼓起勇气，对尼杜帕说："夫人，很抱歉，我不能……我不能放弃'我的'孩子。他对我太重要了。"

而看到尼杜帕伤心失望的样子，迪玛又提出"刻毒"的交换条件：

"我要是把孩子给你，那你必须以你的丈夫做交换。"迪玛其实也知道，尼杜帕非常爱自己的丈夫，她不可能同意这一条件。

迪玛快生了。尼杜帕急忙把迪玛送往他们一直就诊的私人诊所。经过诊断，医生认为孩子和大人只能保一个。

尽管尼杜帕很想要孩子，可她没有忘记人性。她深深地吸了一口气，闭上眼睛，低声说："保大人……"万幸的是迪玛和孩子都有惊无险，母子平安。

事后，大受感动的迪玛又把孩子送给尼杜帕，说："我对我说过的话表示抱歉，孩子……给你。"🖾

写作技巧 / Writing Skill

　　大量细节描写，刻画了人物丰富的内心世界：文章的许多细节表现了中心人物尼杜帕的心理：面对迪玛的过分要求，她伤心失望；虽然很想要孩子，可她没有忘记人性……笔触深入到人物的内心世界，讴歌了爱的伟力。

爱的箴言 / Loving Speaking

　　在世间，爱是一种最博大的情感，是人类最美的情感。无论世事如何变化，爱总像一盏不灭的灯，它的光芒永远使我们感到生命的宝贵和生活的美好。

第100个客人

文/金炳奎 [韩]

两次免费的午饭，融入了浓浓的爱意。
有时，一个善意的谎言可以成就一个美丽的小小心愿。

午饭的高峰时间过去了，原本拥挤的小吃店，客人都已散去。老板正要喘口气翻阅报纸的时候，一位老奶奶和一个小男孩走了进来。

奶奶坐下来，拿出钱袋数了数钱，叫了一碗热气腾腾的牛肉汤饭。奶奶将碗推向孙子面前，小男孩却吞了吞口水望着奶奶说："奶奶，您真的吃过中饭了吗？""当然了。"奶奶含着一块萝卜泡菜慢慢咀嚼。一晃眼的工夫，小男孩就把一碗饭吃了个精光。

老板看到这幅情景，走上前微笑着说："老太太，恭喜您，您今天幸运地成为本店的第100个客人，所以免费。"

　　一个多月后的一天，老板无意中发现，小男孩蹲在小吃店对面像在数着什么东西。原来，小男孩每看到一个客人走进店里，就把一颗小石子放进他画的圈圈里。可是午饭时间都快过去了，小石子却连50个都不到。心急如焚的老板打电话给所有的老顾客："我想请你来吃碗汤饭，今天我请客。" 这样打了很多电话后，客人开始一个接一个来了。

　　终于，当第99个小石子被放进圈圈时，小男孩匆忙拉着奶奶的手走进了小吃店。"奶奶，这一次换我请客了。"小男孩得意地说。

　　真正成为第100个客人的奶奶，吃上了孙子招待的一碗热腾腾的牛肉汤饭。而小男孩就像奶奶之前那样，只含了块萝卜泡菜在口中咀嚼着。▨

写作技巧 / Writing Skill

　　运用镜头剪接法，凸显主题：文章用简单的几个镜头（如两次祖孙吃饭、店主打电话等），将店主、小男孩和奶奶巧妙地结合在一起，诠释了文章主题。这一写法使文章条理清晰，重点突出，栩栩如生。

爱的箴言 / Loving Speaking

　　两碗免费的牛肉汤饭中，既有奶奶对孙子的朴素之爱，也有孙子对奶奶的孝敬之心。而老板成人之美的举动，完全是受到了祖孙亲情的感动。是亲情感动了你我，是亲情成全了一段美谈！

读 他

文/宋元智

人生是一本书，每个人都要浏览一遍。
爱情也是一本书，需要你用真情来解读。

一个女人读她死去的男人的日记。

相识的那一天："我认识了一个让我心跳的女孩。"相恋的那一天："我深深爱上了她，她也深爱着我。"怀孕的那一天："……我们疏忽大意了。"

这时，女人虽然冷汗直流，但仍继续读下去……

结婚那一天："我好高兴，终于娶到了她。"生下老大的那一天："我抱着我的孩子感到无限喜悦。"老大出车祸那一天："我焦急万分地冲到医院，看着受伤的孩子，护士说必须立即输血，我毫不犹豫地挽起袖子，但没有想到的是，这孩子的血型很奇怪，跟我的不配，跟她的

也不配，我还是赶紧向同事求救。"老大出车祸的第二天："孩子终于没事了，虽然他的血型很奇怪。"老大出车祸的第三天："我忍不住要问她，但我实在太爱她了，也太爱这个孩子，虽然他的血型很奇怪。"老大出车祸的第四天："我心里很难受，但看到孩子康复的笑容，我什么都不计较了。孩子不是我的，但至少是她的，是我养大的乖小孩。"

泪水缓缓流出，女人觉得她是世界上最傻又最幸福的女人，因为他从来没问过她什么。然后她更认真地读下去……

男人住院的那天："近来总是觉得身体不适，担心无法再照顾她和三个孩子，但我是最幸福的人，因为能和所爱的人共度一生。我不知道她到底爱不爱我，只担心我有没有耽误她，使她错过她真爱的那个人。"

写作技巧 / Writing Skill

运用镜头剪接法，使故事情节紧凑而生动：作者把一个男人写的日记片段按时间顺序巧妙剪接起来，讲述了一个为爱而包容的故事。这样处理，既节省了笔墨，又便于抒发人物的情感，而且使情节更加紧凑生动。

爱的箴言 / Loving Speaking

《圣经》上说，"爱能包容一切"。是的，真心实意地爱一个人，就意味着完全地包容她。因为与爱人共度一生是一种幸福，学会了包容，也就拥有了幸福。

多莉姑姑的帽子

文/杰奎琳·克莱门斯-马伦达 [美]

多莉姑姑那顶"天使帽子"具有神奇的魔力，
它带给了我生活的勇气和信心。

当我还是孩子时，曾经对一件事情笃信不疑：我的嗓音很美妙。对此我尤其有自信，因为每当全家一起唱歌时，我都会扯着嗓门大喊，从来没有人阻止过我。所以，当我的二年级老师凯瑟琳嬷嬷宣布她要在圣诞节当天举行一场演唱会时，我别提有多兴奋了。

凯瑟琳嬷嬷对全班同学说："歌唱是我们向上帝表达爱的最重要的方式之一。"她还说要根据我们的演唱天赋来编排节目，全班26个人都迫不及待地举起手。"想独唱的同学请站在钢琴右侧，想参加合唱的同学请站在钢琴左侧。"凯瑟琳嬷嬷说。

嬷嬷还没走到钢琴之前，我就第一个站到了钢琴右侧。她递给我几支曲子，我挑选了我们家最喜欢唱的《当爱尔兰眼睛微笑时》。嬷嬷开始弹琴，我则以一个7岁女孩所能展示的最丰富的感情开始演唱。可没唱几句，我的歌声就被嬷嬷打断了："谢谢你，下一位。"

我回到了座位上，听到有些同学在窃笑。难道我做错什么事了吗？

独唱的名额很快就招满了。在听了每位同学的试唱后，嬷嬷将声音接近的人编排在同一个声部，最后只剩下我孤零零的一个人。

当其他同学开始熟悉歌谱时，嬷嬷把我叫到她的桌前，温和地对我说："杰奎琳，你听说过'音盲'这个词吗？"我摇了摇头。

"就是说，你发出来的声音与你自己想象的不一样。"她拉着我的手说，"这没什么值得害羞的。你仍然可以参加演唱会，只要你做出发音的口型就可以了，但不要发声。你明白吗？"

"我明白。"我是如此羞愧，以至于放学后我没有回家，而是直接

坐公共汽车来到了多莉姑姑家。在我眼里，没什么事能难倒她。在那个大多数女性都要嫁人的年代里，她勇敢地选择了独身生活。她能理解我当时沮丧至极的心情，即使天塌了也不过如此。

多莉姑姑给我端来饼干和牛奶。"我该怎么办？"我抽泣着说，"如果我不能唱歌，上帝就会以为我不爱他。"

多莉姑姑的手指在桌上敲着，眉头皱在一起。终于，她眼睛一亮，说："有办法了，我将帽子戴上！"

帽子？它能帮我解决"音盲"这个大问题吗？她那棕色的眼睛盯着我，声音忽然低了下来："杰奎琳，我透露一点儿天使的秘密给你，但首先你得发誓不会告诉任何人。""我发誓。"我低声说。

多莉姑姑抓着我的手说："当我在罗马圣彼得教堂祈祷时，曾听到旁边座位上一个人讲话。他也是一个音盲，也担心上帝听不到他的歌声。那里的牧师悄悄告诉他，一小块铝箔就可以解决这个问题。"

"我不明白。"

"你在嘴里默念歌词，它们会通过铝箔反射到天上，天使就能捕捉到这些声音，把它们放到特制的袋子里，然后送给上帝。这样，上帝就能听到你和同学们一起唱赞美诗的美妙声音了。"

虽然听起来有些玄妙，但我相信万能的天使还是能做到这一点的。

况且多莉姑姑的表情是那么严肃，她是不会骗我的。

"那我把铝箔藏在哪儿呢？"

"藏在我的帽子里，"多莉姑姑说，"我会坐在演唱会的前排。注意，不要对凯瑟琳嬷嬷和你的父母泄漏一个字。"

圣诞节那天，全家都去观看我的表演。我紧紧盯着多莉姑姑的帽子，根本不去考虑在场的人能否听到我的声音，我沉默的歌声是唱给上帝听的。演出十分成功，多莉姑姑夸我的表演具有"奥斯卡水准"。

即使到了现在，当我在生活中遇到挫折时，我还会想起多莉姑姑和她的"天使帽子"。

写作技巧 / Writing Skill

细致的心理描写展现了人物丰富的内心世界："我"在老师面前试唱时的激动与自豪，对多莉姑姑的无比信任，圣诞节当日忘情的演唱……这些细致的心理描写无不契合一个7岁小女孩的心理特点，情感真挚，令人感动。

爱的箴言 / Loving Speaking

真正的谎言往往可以把人们抛入痛苦的深渊，而有时候善意的谎言却能催生出这个世界上最美丽的花朵。亲人善意的谎言确实具有神奇的魅力，让我们铭记永远。

疯 姐

文/陈永林

时间的天空中有一颗星星永远闪亮，
那就是亲情，它是我们一生一世割舍不去的情缘。

姐比我大12岁。我是姐一手带大的。

姐的疯病不是很重，没发作时同好人一样。姐的病大都在变天的时候发作。姐的病即使发作了，也只是自言自语，不像别的患病者会追打小孩。

我7岁那年上了小学，姐总送我上学，然后送我回家。

小时候的我总为有一个这么疼爱我的姐感到自豪。但懂事后，我为有这么一个疯姐感到羞耻，感到自卑。

那是6月的一天。快放学时，刚才好端端的太阳忽然不见了踪影。阴云却是越聚越厚，片刻就电闪雷鸣，下起倾盆大雨。放学了，同学们都

站在走廊里，等家里人送伞来。

没多久，姐送伞来了。姐浑身湿透了，姐冷得不停地哆嗦。那时我在教室里写作业。姐站在走廊里，也不叫我。目光呆滞的姐嘴里叽里咕噜地说些谁也听不懂的话。走廊里所有人的目光都落在姐的身上。

全班的人都知道我有一个疯姐了。

此时有人喊："林子，你姐给你送伞来了。"我见了姐的疯样，真恨不得地底下有条缝，我好钻进去，永远在同学们面前消失。极度羞愧的我不理姐，也没从她手里拿伞，而是光着头冲进雨中。

姐在我身后喊："林子，带伞。"姐跑着追我。姐摔了一跤，马上爬起来，又追。我跑得更快了。

　　跑到家，我浑身湿透了。姐也一身泥水。妈又骂姐："你是怎么送伞的？"我说："不关她的事。我今后再不要她送伞了。送了伞我也不要，省得同学们都笑我。"但一下雨，姐仍给我送伞。我对妈说："姐若给我送伞，那我就不上学了。"妈说："她硬要给你送伞，拦也拦不住。"

　　我不再理姐。姐同我说话，我也装作没听见。姐说："我做错了什么？你怎么不理姐？你不理姐，姐心里好难过。小时候你多亲姐，半个上午没见到姐，就哭着找姐。什么话也喜欢跟姐说。"姐的泪水一滴又一滴地掉下来了，"要是你不长大那多好！"我的牙一咬，狠狠心说："我没有你这个丢人现眼的疯姐。你让我在同学们面前抬不起头。"姐的身子激烈地抖了一下，姐的手不住地抖。我忙出了门。

　　此后，我再没同姐说过一句话，姐也没找我说过一句话。只是我上学时，走了很远，总能看见姐站在村口目送我。我到学校了，她才走。

　　放学时，姐也总站在村口迎我。她看见了我，便加快了步子。我知道她是担心我的安全。

　　小时候，我极贪玩，也极喜欢玩水。而我上学的路上有两口池塘。姐以前也总不让我玩水。但是那天上学的路上，我见池

塘里有许多蝌蚪，忍不住蹲下来捉蝌蚪。捉了一只蝌蚪，我就放进矿泉水瓶。当我想捉第二只时，听到姐喊："林子，不能玩水。"我不听，仍捉蝌蚪。蝌蚪游得很快，我的身子不停地往前挪，终于失去重心，一头栽进池塘里。我手脚乱扑腾，"姐，救我。"但我的嘴里灌进了几口水，后来的事我就不知道了。

当我醒来时，在场所有的人都一脸的泪水。原来姐为救我死了。

"姐，姐……"我扑到姐的身上，有好多话要同姐说，但一句话也说不出来，只是一个劲地哭着。

妈一脸的泪水："你姐最喜欢的人就是你，她心甘情愿地为你疯，心甘情愿地为你死……"

"姐，姐，我最好最好的姐……" 🔲

写作技巧 / Writing Skill

情节跌宕起伏，渐显人物形象：由"爱姐"到"厌姐"再到"念姐"，在情节转折过程中疯姐的形象越来越鲜活，读者的心灵也备受震撼。

爱的箴言 / Loving Speaking

兄弟姐妹间的亲情血浓于水，连筋带骨，谁都无法将它割断。请珍惜这份美好的人间情感，不要让它在世俗的催化作用下变质，让自己遗憾终身。

伏天的罪孽

文/L.海沃德 [美]

在伤害面前，爱是噙着泪的微笑，
明知有苦衷，也坦然承受。

"**大**热天，真是没事找事。"商场侦探亨利嘀咕着，他的制服已被汗水湿得精透。一位窄脸妇女正在他面前尖声诉说着什么。真是，丢掉的钱既然已经找到了，就算了呗。可她却不善罢甘休，仿佛站在桌前的这个小男孩真是一个危险的罪犯。亨利思忖着：是的，10块钱对大人也是不小的诱惑，何况对这个穿得破破烂烂的小男孩？

"是的，我没亲眼看到他偷钱。"那位太太唠叨着，"我买了一样东西，又要去看另一件货，就把10块钱放到柜台上。刚离开几分钟，钱就跑到这个小贼骨头的手上了。"

　　亨利这才发现，桌角那边还有个小女孩，她正用蓝蓝的大眼睛静静地在看着他。"是你拿走钱的吗？"亨利问小男孩。 小男孩紧闭着嘴唇，点了点头。"你几岁了？""8岁了。""你妹妹呢？"男孩低头望了望他的小伙伴："3岁。"

　　在这大伏天里，孩子也许只是为了拿它去换点冰淇淋。可这位太太却咬定孩子是窃贼，非要惩罚他们不可。亨利不由得心疼起这两个孩子来了。"让我们去看看现场吧。" 男孩紧紧拉着小女孩的手，跟着大人们向前走去。

　　柜台后面一台风扇吹来的风使亨利觉得凉爽些了。他问："钱在哪放着？""就在这。"太太把10块钱放在柜台上售货记账本的旁边。

　　亨利打量了一下小女孩，掏出几块糖来："爱吃糖吗？"女孩扑闪了一下大眼睛，点了点头。亨利把糖放在钱上面："来，够着了就给你吃。"小女孩踮起脚尖，竭力伸长小手，可还是够不着。亨利把糖拿给

小女孩。 太太在一边嚷起来："我不跟你争辩。难道他们可以逃脱罪责吗？领我去见你的老板……"亨利没理会，他正注视着那10块钱，柜台后面的风扇吹着它，它开始滑动，滑动，终于从柜台上飘落下来。

钱落在离两个孩子几尺远的地方。女孩看到钱，便弯腰捡起来递给哥哥，男孩毫不踌躇地把钱交给了亨利。"原先那钱也是你妹妹给你的，对吗？" 男孩点了点头，眼里涌出委屈的泪水。

"你知道钱是从哪来的吗？"男孩使劲摇着头，终于大声哭了出来。"那你为什么要承认是你偷的呢？"男孩泪眼模糊地说："她……她是我妹妹，她从不会偷东西……"

亨利瞟了一眼那位太太，他看到她的头低了下来。 🔲

写作技巧 / Writing Skill

巧设悬念，增强文章的吸引力：这个侦探小故事，是围绕着小男孩有没有偷钱这个问题而展开的。随着亨利抽丝剥茧的推理分析，案情真相大白：小男孩是被冤枉的。破案过程环环相扣，让人读罢不忍释卷。

爱的箴言 / Loving Speaking

小男孩虽然年龄小，家境贫寒，却有一颗金子般的心。在他那幼小的心上，亲情的分量比泰山还要重。保护妹妹是哥哥的责任，为了亲人的清白，他宁愿自己承受屈辱。对亲人的爱，给予了我们巨大的勇气，让我们力量倍增！

复活节面包

文/佚名

亲人用爱心为孩子编织出"复活节面包"的故事，
也为孩子编织出了一生中最美好的记忆。

在清理阁楼的时候，一张旧得发黄的黑白照片落在了爱伦的手里。

爱伦轻轻地把照片放回纸盒，但目光却像被那张照片粘住了。她重新从纸盒中拾起照片。"复活节1946年"，背面是这样写的。这是外婆的笔迹，虽然笔画已有些模糊。爱伦盯着它，陷入了沉思。

啊，1946年的复活节，到现在已经过去五十多年了!在照片上，小爱伦和外婆坐在树林里的长凳上。此时，一切仿佛一下子清晰起来。一幅幅画面连接在一起，有如丝线上串起的珍珠。

爱伦觉得童年从来没有离她这么近过——她看见那片林子，那条长凳，那条小路，那棵美丽高大的山毛榉，落满层层叶子的林地，还有树根上厚厚的苔藓。她甚至能闻到那地面散发出的特殊的林地气息——在草木的清香中略带些霉味。她还看见了外公，在复活节那天他总是在林子里转来转去，用拐杖在树根下来来回回地拨动树叶。

此时，外婆正搂着爱伦给她讲那场可恶的战争：战争破坏了一切，就连复活节兔子的彩蛋也成了战争的牺牲品。

"那我的复活节彩蛋也被破坏了么？" 爱伦担心地问，眼睛望着外婆那爬满皱纹的脸。外婆忧郁地点点头，握紧她的小手。

"这个，我们得有所准备，"她说，"但复活节兔子肯定在林子深处为你藏了些什么。我怎么也不能相信，它会什么也不给你留。"爱伦紧紧地靠在外婆身上，在她身边爱伦才感到安全。外婆说的话一定是对

的，因为过去外婆所说的一切就都是对的。即使战争中空袭的炸弹落下来时，外婆也总是说："别害怕，我的孩子，我们的房子不会遇到炸弹的！"——炸弹果真从未炸着爱伦的房子。

"那它会带给我们什么呢，"爱伦急于想知道，"如果连复活节彩蛋都毁在战争中了？""喔，会有的，"外婆回答，仿佛那是世界上最自然不过的事，"当然是复活节面包！""复活节面包？""那当然，"外婆解释说，"过复活节，兔子总要烤面包的啊！怎么，你不知道吗？"爱伦当然不会知道。正在这时，外公在远处向这边激动地招手，还挥舞着拐杖。"快来这儿！"他大声喊着，声音在树林中回荡，"到我这儿来，皮波丽！""皮波丽"是外公对爱伦的昵称，他总是这么叫她。1918年外公从第一次世界大战战场归来，头部受了伤。从那以后，他失去了听力。所以他并不知道，他的声音在幽静的树林里震耳欲聋。

爱伦和外婆来到他的身边。爱伦手里握着一根干枯的小树枝，按外公的吩咐开始在满地的落叶中来回翻找，就像外公用他的拐杖那样。真的，树叶里有一些被打破的蛋壳，然后……在那儿，落叶下面的树根旁：复活节面包！带有树林香味的复活节面包！爱伦兴奋得脸颊发红。

复活节兔子在其他三棵树下都藏了东西。小爱伦把面包放入小篮子里，高兴得快发疯了。她想把复活节面包的故事告诉她所有的小伙伴。

"复活节面包?"后来,他们不可思议地看着爱伦,"根本没有那玩意儿!""你们难道没在树林里找过吗?"爱伦奇怪地问。"在树林里?"小伙伴们又疑惑地瞧着爱伦。爱伦深深地点点头,热情地关照说:"那当然,没错!只有在那儿,才能找到复活节面包!"

是的,她很幸运,只有她找到了复活节面包——感谢外公、外婆!在被战火劫掠的1946年,在那个连复活节彩蛋都无处寻找的复活节,是他们为爱伦编织出"复活节面包"的故事,也为她编织出了一生中最美好的记忆。🖾

写作技巧 / Writing Skill

巧妙运用倒叙手法,营造出梦幻般的氛围:作者以一张旧照片为切入点,描写了童年时关于"复活节面包"的一段美好回忆。这种倒叙手法把充满亲情的神奇故事写得如梦如幻,感人至深。

爱的箴言 / Loving Speaking

被战火劫掠的日子也许是阴冷的,甚至是残酷的,但在亲情的庇护下,孩子拥有了幸福的童年。亲情是伟大的,它带给了我们一生一世温馨的爱。

哥哥的心愿

文/丹·克拉克 [美]

当我们得到某些我们想要的东西时，
心情是快乐的。而当我们学会给予的时候，
就会发现：给予让人更快乐。

圣诞节快到了，保罗的哥哥送给保罗一辆新车。圣诞节当天，保罗离开办公室时，一个男孩绕着那辆闪闪发亮的新车，十分赞叹地问道：

"先生，这是你的车吗？"

保罗点点头，说："这是我哥哥送给我的圣诞节礼物。"

男孩满脸惊讶，支支吾吾地说："你是说这是你哥哥送的礼物，没花你一分钱？天哪，我真希望也能……"

保罗当然知道那个男孩希望什么——他希望能有一个这样的哥哥。但是，小男孩接下来说的话却完全出乎保罗的意料。

"我希望自己能成为送车给弟弟的哥哥。"男孩继续说。

保罗惊愕地看着那个男孩，冲口而出地说："你要不要坐我的车去兜风？"

"哦，当然好了，我太想坐了！"

车开了一小段路后，那个男孩转过头来，眼睛闪闪发亮，对保罗说："先生，你能不能把车子开到我家门前呢？"

保罗微笑了，他知道男孩想干什么。那个男孩必定是要向邻居炫耀，让大家知道他坐了一部大轿车回家。但是，这次保罗又猜错了。

"你能不能把车子停在那两个台阶前？"男孩请求道。

保罗同意了。

男孩跑上了阶梯，过了一会儿保罗听到他回来了，但动作似乎有些缓慢。原来，男孩把自己那跛脚的弟弟带出来了，将他安置在第一个台阶上，紧紧地抱着他，并指着那辆新车。

只听那个男孩告诉弟弟："你看，这就是我刚才在楼上对你说的那辆新车，这是保罗他哥哥送给他的。将来我也会送给你一辆像这样的车，到那时候你就能自己去看那些在圣诞节时挂在窗口上的漂亮饰品了，就像我告诉过你的那样。"

保罗走下车子，把跛脚男孩抱到车子的前座。哥哥兴奋得满眼放光，也爬上车子，坐在弟弟的身旁。就这样，他们三人开始了一次令人难忘的假日兜风。

在那个圣诞夜，保罗才真正体会到人们常说的"施与比接受更有福"的道理。📖

写作技巧 / Writing Skill

层层设疑，吸引读者的眼球：在文中有两段描述保罗猜错的心理过程，写得极为精彩出神。这种"卖关子"式的写法使文章跌宕起伏，很能调动读者的阅读兴趣，既是巧妙的过渡，又推动了情节发展。

爱的箴言 / Loving Speaking

没有亲情的人生，不是完美的人生。而有了亲情，即使生活贫困、身有残疾，我们也能坚强面对。亲人之间的关爱和支撑，使我们乐观地面对失意和不幸，使我们鼓足生活的勇气，畅享丰盈的人生。

购买奇迹

文/佚名

当我们身处绝境的时候，
亲人坚定的信念、真挚的爱和无私的奉献可以为我们创造奇迹。

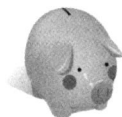

一个8岁的小女孩听到她的父母正在谈论她的小弟弟。她只知道他病得非常厉害，但父母没有钱为他医治。现在，只有一个费用昂贵的手术才能救她的弟弟的命了。但是，他们没有钱，也借不到钱。

小女孩听到爸爸绝望地对默默流泪的妈妈说："现在，只有奇迹才能救他了。"于是，她回到自己的卧室里，把藏在壁橱里的猪形储蓄罐拿出来，把里面的零钱全部倒在地板上，仔细地数了数。

然后，小女孩把这个宝贵的储蓄罐紧紧地抱在怀里，从后门溜了出去。她走过6个街区，来到当地的一家药店里。她从储蓄罐里拿出一个25

美分的硬币，放在了玻璃柜台上。

"你想要什么？"药剂师问。"我是来为我的弟弟买药的，"小女孩说，"他病得很厉害，我想为他买一个奇迹。""你说什么？"药剂师问。"他叫安德鲁，他的脑子里长了一个东西，我爸爸说只有奇迹才能救他。那么，一个奇迹需要多少钱？""我们这里不卖奇迹，孩子。我很抱歉。"药剂师无奈地说。"听着，我有钱买它。如果这些钱不够，我可以想办法再多弄些钱，只要你告诉我它需要多少钱。"

此时，药店里还有一位衣着考究的顾客。他俯下身，问这个小女孩："你的弟弟需要什么样的奇迹呢？""我不知道，"小女孩抬起泪

水模糊的双眼看着他，"他病得很重，妈妈说他需要做手术，但我们付不起手术费，所以我把攒下来的钱全都拿来买奇迹了。""你有多少钱？"那人问。"1美元11美分，不过我还可以想办法多弄到一些钱。"她的声音轻得几乎听不见。"哦，真是巧极了，"那人微笑着说，"1美元11美分——这正好是为你的弟弟购买奇迹的钱。"

原来，那位衣着考究的绅士就是专攻神经外科的著名医生卡尔顿·阿姆斯特朗。这次手术完全是免费的。手术后没多久，安德鲁就回家了，很快恢复了健康。

这真是一个奇迹，它的价值为：1美元11美分，加上一个小孩子的坚定信念。是的，坚定的信念能够创造奇迹！ 🔲

写作技巧 / Writing Skill

峰回路转的写法，使文章读起来耐人寻味：前文重点写奇迹出现的难度——由于付不出昂贵的手术费用，小弟弟的生命危在旦夕；后文则随着神秘绅士的出现，而让事情出现了巨大转机，给人一种"柳暗花明又一村"的惊喜。

爱的箴言 / Loving Speaking

小女孩用坚定的信念、真挚的爱和无私的奉献，为身患重病的小弟弟，创造了一个伟大的奇迹。无论你身处怎样的困境，你的亲人都会义不容辞地伸出援手，理由只有一个：你是他的亲人。绝不抛弃的亲情，感天动地！

姑父打了我

文/袁风华

为了不让孩子在错误的泥潭里越陷越深，
亲人采用了一种特殊的教育方式。

刚毕业那会儿，我工作挣钱不多，还沾染了很多恶习。好在城里有我的姑父、姑妈，老两口待我特好，我蹭饭吃就有了着落。每次去蹭饭，姑父总要为我上课，苦口婆心地教育我戒掉烟瘾、不要赌博、不要跟不三不四的社会青年混在一块……我听多了，心里烦躁，还有几许厌恶。

一天，吃完饭后，姑父把我带到了书房，得意而又神秘地向我展示新近收集到的一枚邮票。我大大咧咧地捏起它凑近欣赏起来。万没想到，一不小心弄破了这枚邮票。姑父气得七窍生烟，不停地跺着脚，向我急吼："你知道它有多贵吗？2000块呀，我的天哪，怎么办？"

　　我惊呆了，一向温良恭俭的姑父顷刻之间变成了一只发怒的狮子。我知道闯了大祸，低着头小声说："我，我赔……"

　　"赔？"姑父反问我，"你看看你，现在是什么模样？你连吃饭都成问题了，怎么赔？就知道抽烟、喝酒、赌博、打台球、泡舞厅，你跟痞子有什么两样？你的进取心呢？"我"作恶多端"的老底被姑父无情揭穿了，吃了上顿愁下顿的窘境又被彻底看破，我不禁有些恼怒，骨子里的倔劲儿一下子蹿出来："我就是我，你别管！""啪"的一下，姑父毫不犹豫地甩过来一巴掌，打在我的后脑勺："我就是要管！"

　　我再次惊呆了。打我的不是生我养我的亲生父亲，而是我的姑父！瞬间，我扭头摔门而出。出门时，我跟自己咬牙切齿：我一定赔给你！

　　当天，姑妈来到我的住处，柔声跟我说："你别难过，那张邮票并不值钱，请你无论如何相信我。姑父这么做，实在是不想让你在错误的

泥潭里越陷越深。他近乎失望了，才要用这种方式来教育你。希望你重新捡回上进心，不要再让我们失望，好吗？其实我们像爱亲生儿女一样爱着你！"我的脑子乱成了一锅粥，有的只是责骂、打人、2000元。

之后，我毅然决然地戒掉了烟瘾和赌瘾，割断了与那些混混朋友的联系，一心扑在工作上。工作之余我做了两份家教，还送牛奶、拉广告……我身心俱疲，但始终抱着一个信念，那就是用铁一样的事实来回击姑父对我的失望。多年以后，我骄傲而又自信地兑现了我的诺言。

有一天我和姑妈回忆起那件特别的往事，我说："姑妈，你知道为什么从那以后我就学好了吗？"姑妈微笑着说："因为姑父打了你？""不！"我认真地回答，"是因为当时姑父哭了。"

写作技巧 / Writing Skill

巧妙地以人物的心理变化为线索，贯穿全文：从"我"对姑父最初的烦躁和厌恶，到邮票事件中的两次惊呆，再到毅然决然地与过去分手，最后骄傲而又自信地兑现诺言……一连串的心理变化脉络分明，文章因而浑然一体。

爱的箴言 / Loving Speaking

请不要让你的亲人失望，也不要让你的亲人伤心。你知道吗，只有亲人才可以在你误入迷途的时候伸出手来，真心诚意地帮你。请相信，亲人的鞭策也是一种爱。

归去来兮

文/苏珊娜·帕利 [美]

我们出门在外，亲人们总是惦念着。
这是一份真挚的深情，纵然有大海重洋，依然无法阻断。

纽约时间凌晨1点，我在网上碰到了弟弟，那正是巴格达的早上9点。弟弟并不是一个士兵，所以我还可以时不时在网上跟他聊聊。

"你在哪儿？"我在键盘上打出了一行字。"还是不说的好。"他回答。我知道，他害怕网络上的恐怖分子。谢天谢地，他还好，不过我还是忍不住训导他："我们有3天没有你的消息了。"他马上回复："行了行了，打住吧，我挺好的。"他打字的速度真快。

照弟弟自己的想法，他只不过是在那边工作而已。他是一个私营咨询公司的成员，为伊拉克人提供工作机会，帮助他们重建基础设施。他

说父母整天在煽情的电视新闻产生的肥皂泡里过日子，父母却说他在制造平安无事的肥皂泡——既然他自己总说任何时候都能回家，可现在美国人在巴格达越来越危险，他为什么要冒险呢？

弟弟比我小12岁，今年也35岁了。可是只要他不在我眼前，我总是想起那个蹒跚学步的小男孩，长着一头柔软的金发。母亲是苏格兰人，我们兄弟俩的皮肤却有点橄榄色，这是继承了父亲的波斯血统。因此，我们都对东方着迷。

在伊拉克战争开始前的很长时间，弟弟就去了中东。他跟当地人一起学习、生活、工作。去巴格达参加重建，对他来说是再自然不过的事了。我虽然理解他，但也很生气，因为他实在让父母太担惊受怕了。

父亲80岁了，在癌症恢复期，母亲患着肺气肿。两个人都是面色苍白、神思恍惚，只要新闻里有什么特别报道，他们就吓得瞪大了眼睛。

现在，家里人团结得像衣服上的针脚那么紧密。我们都小心翼翼不让对方知道任何坏消息。父母不愿让我告诉弟弟，他们病得多么厉害，弟弟也不愿我跟父母说真话——比如他有时会突然从网上消失，回来后打上一行字："抱歉，刚才附近发生爆炸，现在我回来了。"我真是要辜负父母的信任了。

弟弟又打出了一行字："爸爸好吗？"我回答："好些了。"我的手指在键盘上游移着，趁着还没后悔，我又打上了一行字："现在是妈妈身体不大好，我有点害怕。"聊天停顿了一下。我知道这次他不会无所谓的。果然，他回答道："我明天乘飞机飞往阿曼，然后回纽约。"我很高兴大功告成，弟弟要回家了。

我告诉父母说，弟弟觉得自己需要休息一段时间了。母亲第一次喘匀了气，而父亲的眉头也舒展了些，他们看起来已经和以前差不多了。

弟弟刚回来的两天，大部分时间都在睡觉。有时候，母亲在他旁边的床上打个盹。有一天打雷，他一下子弹起来，猫着腰从屋里跑出去。后来，他"哧哧"地笑着跑回来又睡。他从未说过母亲的病情看起来不像我说得那么严重，我想他肯定很高兴找到个回家的理由。

弟弟回家的第三天，就有消息说他在巴格达住过的房子被炸了，他卧室的窗玻璃全碎了。我们看见他脸上很震惊，父母因此大受鼓舞：没

准弟弟能待在家里了。父亲说："你在那边能干成什么呢？"母亲说："在这儿你也一样能帮助他们（伊拉克人），是不是？"

待在家里的日子一长，弟弟的事业被禁锢了。父母采取了各种"手段"，试图让他放弃工作。

弟弟偷偷地问我，该怎么办。我很矛盾。母亲一再跟我嘟囔"你能让他留下"，父亲在夜里睡不着觉，常常起来为弟弟祷告，我能扛得住吗？最后，我还是下了决心。3个星期已经比任何一个士兵的探亲假都长了。现在弟弟回到巴格达，我至少可以在网上点一下他的名字，然后打上一行字："你在哪儿？"我感到一点安慰。🔚

写作技巧 / Writing Skill

以精彩的细节描写烘托主题：为了表现主题，作者在情节选取上着实花费了一番工夫，比如父母对新闻的关注和为弟弟的生死担惊受怕，父亲为弟弟在夜间祈祷等。这些细节描写以小见大，纤毫毕见地体现了亲情的可贵。

爱的箴言 / Loving Speaking

每当聚散离合的时候，也就是亲人的眼泪流得最多的时刻，聚合则欣喜，离散则悲戚。亲人眷恋着我们，我们也眷恋着亲人。这份浓浓的亲情，令我们一生一世难以割舍。

和祖父在一起

文/佚名

与长辈生活在一起，我们可以向他们学习、
吸纳另外一种生活智慧。

每年和祖父一起住上一段时间，并不是一件容易的事。

祖父是一位退休的生物化学教授，已经86岁了。他总结出了几条人生智慧：不能放进微波炉烹制的食物不值得去做；冷冻蔬菜要比新鲜的好；在股市里要放短线做长线；没有必要喝热水；见到喜欢的物品买两份；别胡乱丢东西。尽管对这几条教诲我不敢苟同，但这并不妨碍我和祖父共度时光。对我来说，和祖父共处既是一件乐事，但也充满挑战。

我和我丈夫习惯早睡早起，祖父却是个十足的夜猫子。他不吃通心粉，我和我丈夫不喜欢吃蛤蜊，我们4岁的女儿玛德琳不爱吃蔬菜。

　　我梦想有一天能把祖父的房间收拾得一尘不染。那里简直就像个大车间或实验室，从塑料冰盒到发豆芽器，真是应有尽有。我真想把他这些破烂都扔掉，可在每件物品上都被他贴了标签，还写着："勿动"。

　　对此我一直保持克制，但有一年夏天，我实在忍不住了。我选择了一个清晨采取措施，那时他睡眼惺忪，于是就有了下面的对话。

　　"我能把它扔了吗？"我拿起一个塑料烟灰缸问他，因为他从来不抽烟。"你在做饭的时候，可以把勺子放在里面。""但是，没人用它放勺子。"我只好把手放开，露出了一个5年前的即冲茶包。"把它给我，这个还能用。"他把它抢过去，放进了已经塞得满满的抽屉。

　　我终于明白了年轻人不愿意和长辈共处同一屋檐下的原因了。但是，我并不为我与祖父共度的这

些时光感到后悔。相反，它给了我从另一个视角看待我们这代人的机会。

祖父说他不喜欢和人接触，却愿意和我的女儿玛德琳一起玩，尽管他们俩整整相差80岁。一天下午，我给这一老一小在码头上照了一张相。照片照得不是很好，祖父的眼睛几乎快闭上了，玛德琳夸张地笑着。可我乐意看到他们并肩看着同一片大海的样子。

与长辈同住需要耐心和技巧。如果总是坚持我们自己的生活方式，我们就失去了向不同年代的人学习的机会，也就无法吸纳另外一种生活智慧，甚至由此失去了改进自己生活的机会。 ▨

写作技巧 / Writing Skill

巧妙运用镜头剪接法体现主题：本文选取了"我"和祖父在一起生活的典型片段，既有两代人的思想交锋与冲突，又有祖孙相处的和谐默契……这些"镜头"从不同角度和层面反映了主题，别有一番人情意味。

爱的箴言 / Loving Speaking

两代人相处久了，在某些观念上难免有分歧。但彼此争竞，又有何益？同处一个屋檐下，正给了我们学习长辈生活智慧的机会。毕竟，珍惜亲情，和睦相处，才会获得家庭的快乐。

家是什么

文/佚名

家是一个充满亲情的地方。
只有没有亲情和被爱遗忘的人，才是真正无家可归的人。

在美国洛杉矶，有一个醉汉躺在街头。警察把他扶起来，一看认识，是当地的一位富翁。警察说："先生，需要我送您回家吗？"富翁说："家？我没有家。"警察指着远处的别墅说："那是什么？""那是我的房子。"富翁说。

在我们这个世界里，许多人都认为，家是一间房子或一个庭院。然而，当你和你的亲人一旦从那里搬走，一旦那里失去了温馨的亲情，你还认为那儿是家吗？对名人来说，那儿是故居；对一般的老百姓来说，只能说曾在那里住过，那儿已经不再是家了。

家是什么？1983年，发生在卢旺达的一个真实故事，也许能给家做一个贴切的注解。

卢旺达内战期间，有一个叫热拉尔的人，37岁。他家中共有40口人，父母、兄弟、姐妹、妻儿几乎全部在内战期间离散、丧生。最后，绝望的热拉尔打听到自己的小女儿还活着！他辗转数地，冒着生命危险找到了自己的亲生骨肉。悲喜交集的他，将女儿紧紧地抱在自己的怀里，第一句话就是："我又有家了！"

在这个世界上，家是一个充满亲情的地方，它有时在竹篱茅舍，有时在高屋华堂，有时也在无家可归的人群中。没有亲情的人和被爱遗忘的人，才是真正无家可归的人。

写作技巧 / Writing Skill

夹叙夹议的写法，使文章的架构立体而丰满：本文由两个关于"家"的故事组成，第一个故事提出问题，第二个故事回答问题。作者采用了夹叙夹议的写法，把两个故事有机地联系在一起，使文章的内容显得更加充实、丰满。

爱的箴言 / Loving Speaking

家是什么？它不是一间房子或一个庭院，而是一个人的情感归属。有亲情和爱的地方，就是家的所在。世世代代维系的人间亲情，才是我们永恒的家园。

结婚礼物

文/雅·哈谢克娃 [捷克]

贫困也许会逼着亲人做出不体面的事来，
但那其中的情意还是值得珍惜的。

贝比克和奥琳卡结婚了。

"亲爱的贝比克，我真遗憾姐姐卡丽契卡他们没来。他们该来参加我们的婚礼呀！""他们虽然过得还不错，但也没什么富余。" 说话间，女仆走进房门，拿来一个小木箱和一封信。贝比克拆开信封，来信是姐夫耶尼克写的。

亲爱的约瑟夫：

尽管我们没来参加你们的婚礼，可我们整天都在想着你们，每时每刻都在祝你们幸福。你知道吗，贝比克，我们本想来的，可是我们没有

钱。这你可别告诉奥琳卡，卡丽契卡正保密呢，只要她以为谁都不知道这情况，她就觉得自己好像并不那么穷。我们想给你们送件礼物，可又没有钱，于是想出了一个小骗术：我们曾经收到一只刻花的红花瓶，在邮寄的路上断了颈，我便把那只断了颈的花瓶包了起来。我这样做的时候，心里一直不好受，我为自己穷得连给自己最亲的亲戚送礼的钱都没有而愤懑异常，以至忘了把断下来的瓶颈包进去。卡丽契卡不知道这情况，她要是知道，肯定会羞死的。第二天早上，我发现包在纸里的花瓶颈还在桌上，而那只小木箱已经寄走了。约瑟夫，我求求你，别生我们的气，特别是别让奥琳卡知道我们的困境和骗人的把戏。不是为我，而是为了卡丽契卡，我求你这样做。祝你幸福。

你的耶尼克·贝比克

读完信，贝比克思索了片刻。"快，打开小木箱看看！"奥琳卡催促道。"别忙！我得拿榔头来对付这些钉子……"贝比克摆好小刀的位置，对准钉子就是一榔头，然后笨手笨脚地将木箱扔到了地上。"奥琳卡，"贝比克请求她说，"原谅我性子太急。快进你的房间去，我先看看里面的东西碎了没有。唔，别难过，要是摔碎了，我会给你买个新的。"奥琳卡乖乖地上饭厅去了。贝比克徒手打开木箱盖，一眼就看到了那只没颈的花瓶。

后来，奥琳卡得到了一只非常漂亮的花瓶，这是贝比克买来代替那只被他不小心摔碎的花瓶的。

写作技巧 / Writing Skill

白描式的手法，使人物形象栩栩如生：作者用简洁的白描手法，把贝比克读完信后所做出的一系列表演刻画得极为传神，主人公的美好人格也因此而熠熠生辉。

爱的箴言 / Loving Speaking

无论世事怎么变迁，亲情也不会改变。在亲情面前，我们要多一份体谅、少一些责难，多一份爱心、少一些冷漠，用心去经营，生活才能阳光灿烂。

姐 姐

文/詹·马赫莱 [美]

调皮的弟弟常会向姐姐们挑起"战争"，
可最终弟弟得到的不是报复，而是她们的宽容和爱心。

我很小的时候一直以为，姐姐就是为弟弟操心的人。我有三个姐姐，她们对我很凶，认为我是个惹是生非的捣蛋鬼。妈妈成天忙于洗衣烧饭，算计着怎么合理地花每一分钱，所以就让我的三个姐姐来照顾我。

我长到十一二岁的时候，大姐和二姐就开始和男孩子约会了。这时，每到星期六我就会进行噩梦行动。我会把她们用来臭美的那些鞋子、腰带、裙子、丝巾藏在不同的地方。当她们大喊大叫、歇斯底里的时候，我会和她们谈价钱，让她们答应：她们每找到一样东西，就要给我2角钱的酬劳。她们恨死我了，但也拿我没办法。每个星期六，我都能从她们手上挣到1元多钱。

　　有姐姐还是挺有趣的，当然这不只因为我每星期六可以从她们那儿得到一笔零用钱，而且我还能从她们那儿得到快乐。自从她们开始谈男朋友，就常有电话打进家来找她们，而我就成了捎口信的。我的大姐回到家就会问我："有我的电话吗？"我会说："一个叫逗什么的先生给你打了个电话。"她很容易就会上当，问我："逗什么？"我会大笑着说："逗你玩!"

　　我还会从糖果店往家里打一个电话，叫我的三姐接电话。那时，她最崇拜影星琼·克劳福德了，就连走路、说话都模仿偶像的样子，发式也不例外。当她拿起话筒的时候，我就说我是好莱坞的电影导演。我说，有一次在糖果店看到过她，被她走路的姿态和发式吸引住了，所以想请她到好莱坞当一个替身演员。她立即就用琼·克劳福德的声音问道："为谁当替身？"见她这么轻易上当，我差点笑出来，

但还是装出一本正经地回答她："金·多朗（著名的男丑星）。"

不过，我们之间的小小战争很快就停止了，我发现我的姐姐们漂亮、善良，充满人情味。仿佛在一瞬间，我由一个爱捉弄她们的人变成了她们的忠诚卫士：我允许那些开着雪佛兰牌汽车的油头粉面的小伙子走进我们的家门，还热情地招待他们。

我还发现，姐姐们对我慷慨大方。在圣诞节或我过生日时，我总能收到她们为我精心准备的礼物。我入伍离家时，她们都流了许多眼泪。在部队，我常收到她们那一封封情真意切的信，这些信总能带给我温暖。

在我回忆这些恶作剧时，我对她们给予我的宽容和爱心表示敬意。同时，我也感谢缪斯女神将她们带进了我的生活。

写作技巧 / Writing Skill

适当地留白，使文章更有余味：作者以大量的笔墨表现"我"是如何调皮的，而对姐姐们受捉弄的表现淡化处理，适当留白。读者读罢，自然会悟出姐姐们是宽容和爱护"我"的，从而产生回味无穷的艺术效果。

爱的箴言 / Loving Speaking

兄弟姐妹本是一奶同胞，同根而生，血脉相连。长期共同的生活，培养了兄弟姐妹间的深厚感情。我们都是在爱中成长起来的，请珍惜这种手足情。

姐姐的呵护

文/佚名

姐妹在年龄上存在着天然的差异，
不过，这并不影响她们形成一个坚固的联盟。

我有两个女儿——凯瑟琳和劳拉，她们一个上五年级，另一个上二年级。

一天上学前，姐妹俩恳求我给她们梳一个新发型。我把劳拉的头发收拢在后脑勺，成为一束；把凯瑟琳的头发盘绕到头顶，挽成一个大髻。她们都面露喜悦，显然对自己的新发型非常满意。

劳拉高兴地上学去了，那束辫子神气地随着她的身体甩动着。然而，学校里一个女生走到劳拉身边，用轻蔑的语调说："你扎着一根猪尾巴干吗？"

那天，我开车去接姐妹俩放学回家时，劳拉哭了，跟我讲了她的伤心事。我也很难过，我担心这件事会给她带来打击。劳拉向我哭诉时，凯瑟琳一言不发，仿佛不屑于这些小事。这天晚上，凯瑟琳不时地打电话与朋友们联络，她的电话比平时更多了。

第二天下午，我再次去接姐妹俩放学回家时，惊讶地发现：一群漂亮的五年级女生站在劳拉的身旁，唧唧喳喳地说个不停。劳拉惊喜地看着她们，眼睛发亮——她们每一个人的后脑勺都扎了一根"猪尾巴"！

劳拉上车后激动地喊道："不知怎么回事，我一抬头，所有女生都扎了一根和我昨天一样的辫子！"一路上，她抱着双膝，一直沉浸在幸福中。

我从汽车的后视镜中看了看凯瑟琳，她冲我眨了一下眼睛。▣

写作技巧 / Writing Skill

"此时无声胜有声"的写法，耐人寻味：姐姐的呵护，都是通过动作和行为来表现的。她一言不发，不时地打电话与朋友们联络，以及冲妈妈眨眼，这些描写都是"此时无声胜有声"，一个古灵精怪的小姑娘形象因而跃然纸上。

爱的箴言 / Loving Speaking

亲人带给我们的爱，有些是无声的。对无声的爱，你也许会在事后醒悟，也许会在长大后知晓……无声的爱是默默的奉献与关怀，是不求回报的无价宝。

姥姥的大饼

文/佚名

在这个世界上，没有任何东西可以代替姥姥的大饼，
因为它烙有姥姥的亲情，永远是我的最爱。

由于爸爸常年在外地工作，妈妈的工作又很忙，我的童年就是牵着姥姥的衣角度过的。

姥姥是北方人，喜欢做面食，于是我从小就养成了吃面食的习惯。

我特别喜欢吃姥姥烙的大饼。我看到姥姥把白白的面粉放进盆子里，加进适量的水，然后揉成面团，放进些麻油，擀成面饼，不用任何其他的作料，就这样放进锅里烙熟，就可以了。说起来挺简单，可是想做好就难了。虽然从小就看着姥姥烙大饼，可是我从来也没烙出过姥姥烙的那种味道。

　　我还记得小时候，每当姥姥烙大饼，我就会搬着凳子坐在旁边等着，馋馋地看着。等大饼一烙好，我迫不及待地拿起来就咬，也不怕烫，一口气能吃两个像小盆子口那么大的饼。我就是这么吃着姥姥烙的大饼，一点一点地健康成长着。

　　后来，生活条件越来越好了，也不再想姥姥的大饼了。长大了的我开始学会不听话，学会顶嘴，学会跟姥姥吵架。

　　再后来，我离开家一个人住在外面，一两个月也不回家一趟。姥姥想我，我知道。几乎每个星期天，姥姥都打电话给我，每次都会说，烙了大饼了，你回来吃吧。而我呢，却毫不领情，只是偶尔才回去一趟，还经常冷言冷语，自以为是地给姥姥脸色看。

　　姥姥就这么变老了，我却浑然不觉。

直到有一天，姥姥去了，我不知道我能做些什么，该做些什么，我只会偷偷地躲起来哭。

突然，我很怀念姥姥的大饼。我多么希望能再吃到姥姥烙的大饼啊！我多么希望姥姥能像原来那样健康啊！

我知道，这个世界上没有任何的东西可以代替姥姥的大饼了。

在我的生命当中，姥姥的大饼曾经是我的最爱，也将永远会是我的最爱。🖌

写作技巧 / Writing Skill

以"我"的感情变化作为主线："我"对姥姥烙的大饼的感情是不断变化的——小时候"我"最爱吃姥姥的大饼，长大了就不怎么想了，甚至学会了和姥姥顶嘴，直到姥姥去世才追悔莫及……文章一线贯穿，结构更加严谨。

爱的箴言 / Loving Speaking

世上最伟大的爱源于"父母"这个神圣的词语，但不可否认，隔辈人对孩子的爱具有同等的地位。可爱又可敬的老人们，哪一个不是用生命中有限的时间给儿孙无限的关怀和爱护的呢？这份爱，像小溪细流，源源不断，灌注我们的一生。

两个家庭

文/李·斯托克·希尔顿 [英]

每个家庭都有独特的家庭氛围。
炽热和冷静，激情和平淡，哪种风格才更好呢？

汉克斯一家和斯托克一家住在同一个小镇的同一条街道上，两家有相同的家庭成员：父亲、母亲、姐姐和弟弟。

汉克斯一家，即我姨妈家，是文明家庭的典范，家庭气氛十分轻松，人人彬彬有礼，连大嗓门说话都没有过；斯托克一家，也就是我家，通常生活在10分贝的音量中。我父亲只要将头伸出窗外，几英里外的人都能听到他的大嗓门。

我们两家的差别还不仅仅在嗓门上。套用电影来说，他们家是喜剧《父亲什么都知道》，一派幸福美好，安乐祥和；而我们家是悲剧《谁

怕弗吉尼亚·吴尔夫》，总是危机重重，家无宁日。

汉克斯家有一只混种狗，是从收容所抱来的，长得平淡无奇，但很恋家，又会取悦主人；斯托克家有两只纯种的毕格尔犬，精力过剩，蹿上蹿下，吠叫不断。

冬天，汉克斯家用煤气点燃木材取暖，火势不旺但很温暖；斯托克家差不多用了一整罐汽油来点火。父亲是在康涅狄格州长大的，那里的冬天才称得上天寒地冻。他似乎从没适应得克萨斯州南部温和的冬天，至今仍大声地吩咐我们："孩子们，都靠后！"于是他开始点火，那炉火真是烤人，我们在房间里都待不住了。

没错，斯托克一家是感情强烈的，这在一开始就注定了。父亲参加飞行训练时，在学员班的舞会上对母亲一见钟情。此后，一封封洋洋洒洒、热情洋溢的情书从北非直抵母亲家中，母亲总爱编一些其他求婚

者的故事一次次地捉弄父亲。40年后，在母亲的葬礼上，父亲对我说："你母亲从来都是人群中最惹眼的一位。"

情感的烈焰容易把人灼伤。在他们结婚25周年纪念日，他们送给对方许多美好的祝愿，但在这背后是：吵闹、冷战、没完没了的讥讽，婚姻已经千疮百孔了。也许爱还在，但他们再也不能在一起生活了。

姨妈一生都和姨父过着平静的婚姻生活。我记得他们最浪漫的一回是在她60岁生日时，他送了一件性感的黑色睡衣。那种文火，是不会灼伤人的。

炽热和冷静，激情和平淡，哪种更好？虽然我渴望宁静、安谧的生活，但如果在宁静中伴有炽热、在安谧中偶有激情，那岂不是最理想？

写作技巧 / Writing Skill

妙用对比描写，使主题更鲜明：作者列举了汉克斯一家（姨妈家）和斯托克一家（"我"家）在家庭生活中的方方面面，无论哪个方面两家都有着鲜明的对比，前者如文火，后者似烈焰，表达了作者对理想家庭生活的向往。

爱的箴言 / Loving Speaking

家庭生活对一个人的成长有着重要影响。生活在什么样的环境中，就会造就什么样的人。但不管哪种风格的家庭氛围，只要家人彼此关爱，就是阳光的、健康的。

灵魂深处的感动

文/佚名

是什么让我们的灵魂深处受到感动？
那是骨肉相连的手足亲情，温暖我们的一生。

我 的家在一个偏僻的小山村，可想而知家里并不富裕。我有一个5岁的弟弟。有一次，我禁不住漂亮花手绢的诱惑，偷拿了父亲抽屉里5角钱。父亲当天就发现钱少了，就让我们跪在墙边，拿着竹竿，让我们承认到底是谁偷的。

我被吓坏了，低着头不敢说话。父亲见我们都不承认，就说，那两个一起打。说完就扬起手里的竹竿，忽然弟弟抓住父亲的手说："爸，是我偷的，别打我姐。"

父亲手里的竹竿无情地落在弟弟的背上、肩上，父亲气喘吁吁地骂道："现在就知道偷家里的，将来长大了还得了？"

当天晚上，我和母亲搂着伤痕累累的弟弟，弟弟一滴眼泪都没掉。

半夜里，我突然号啕大哭，弟弟用小手捂住我的嘴说："姐姐别哭，反正我也挨完打了。"

我一直恨自己当初没有勇气承认，事过多年，弟弟为了我挡竹竿时的样子我仍然记忆犹新。

我和弟弟都是品学兼优的好学生。同一年，我考上了大学，弟弟也被省城重点高中录取。

那天晚上，父亲蹲在院子里一袋一袋地抽着旱烟，嘴里还叨咕着："两娃都这么争气，真争气。"

母亲偷偷抹着眼泪说："争气有啥用啊，拿啥供啊？"

弟弟走到父亲面前说："爸，我不想念了，反正也念够了。"

父亲一巴掌打在弟弟的脸上，说："你咋就这么没出息？我就是砸锅卖铁也要把你们姐弟俩供出来。"说完，他转身出去挨家挨户借钱。

我抚摩着弟弟红肿的脸说："你得念下去，男娃不念书就一辈子走不出这穷山沟了。"弟弟看着我，点点头。当时，我已经决定放弃上学的机会了。

没想到第二天天还没有亮，弟弟就偷偷带着几件破衣服和几个干馒头走了。他在我枕边留下了一个纸条：姐，你别愁了，考上大学不容易，我出去打工供你读书。

我握着那张字条，趴在炕上，失声痛哭。

我用父亲满村子借来的钱和弟弟在工地里搬水泥挣的钱终于读到了大三。一天我正在寝室里看书，一个同学跑进来喊我："有个老乡在找你。"怎么会有老乡找我呢？我走出去，远远地看见弟弟，只见他穿着满身是水泥和沙子的工作服正在等我。

我说："你咋和我同学说你是我老乡啊？"

他笑着说："你看我穿成这样，说是你弟，你同学还不笑话你？"

我鼻子一酸，眼泪就落了下来。我给弟弟拍去身上的尘土，哽咽着说："你本来就是我弟，这辈子不管穿成啥样，我都不怕别人笑话。"

这些年来，弟弟为我放弃了好多东西。

弟弟直到30岁那年，才和一个本分的农村姑娘结了婚。

在婚礼上，主持人问他："你最敬爱的人是谁？"他想都没想就回答："我姐。"

弟弟讲起了一个我都记不得的故事：

"我刚上小学的时候，学校在邻村，每天我和我姐都得走上一个小时才到家。有一天，我的手套丢了一只，我姐就把她的给我一只，她自己就戴一只手套走了那么远的路。回家以后，我姐的那只手冻得都拿不起筷子了。从那时候，我就发誓我这辈子一定要对我姐好。"

台下一片掌声，宾客们都把目光转向我。

我说："我这一辈子最感谢的人是我弟。"在我最应该高兴的时候，我却止不住泪流满面。▣

写作技巧 / Writing Skill

　　妙用镜头剪接法，将许多的感人故事连缀成篇：作者像一个高明的摄影师，将一个个故事情节展示给读者：弟弟代姐姐受责，弟弟打工供姐姐读书，弟弟以老乡的身份见姐姐……而最后出现的婚礼故事，则把气氛推向了高潮，文章戛然而止，就此定格，令人回味无穷。

爱的箴言 / Loving Speaking

　　姐弟情深深几许？有谁算得清？姐弟是亲人，流着相同的血；姐弟是朋友，在生活中互相扶助……这些情加起来，到底有多深呢？恐怕"桃花潭水深千尺"，也"不及人间姐弟情"吧！

洛克菲勒孙子怎么花零用钱

文/D.M.劳森 [美]

有些父爱是十分严格的，
因为这样的父亲考虑问题更加长远，
是真正为孩子的未来着想。

小约翰·D.洛克菲勒（石油大王约翰·D.洛克菲勒的儿子）一直认为，自己是父亲巨额财产的管理者而不是拥有者。他把博爱当做毕生的事业，一生为公共事业捐献了五千多万美元。他曾出资修缮凡尔赛宫，设立了阿卡迪亚和格兰德泰顿国家公园，捐献地皮给联合国在纽约设立总部。

在这里，我们看到的是他在1920年5月1日写给儿子约翰·D.洛克菲勒三世的一封信。小约翰·D.洛克菲勒当时46岁，在信里他为14岁的儿子列出了"财政"要求。儿子约翰·D.洛克菲勒三世长大之后继承父亲的遗志，成为洛克菲勒基金委员会的主席。信的全文如下：

爸爸和约翰的备忘录——零用钱处理细则：

1.从5月1日起，约翰的零用钱起始标准为每周1美元50美分。2.每周末核对账目，如果当周约翰的财政记录让父亲满意，下周的零用钱上浮10美分（最高零用钱金额可等于但不超过每周2美元）。3.每周末核对账目，如果当周约翰的财政记录不合规定或无法让父亲满意，下周的零用钱下调10美分。4.在任何一周，如果没有可记录的收入或支出，下周的零用钱保持本周水平。5.每周末核对账目，如果当周约翰的财政记录合于规定，但书写或计算不能令爸爸满意，下周的零用钱保持本周水平。6.爸爸是零用钱水准调节的唯一评判人。7.双方同意将至少20%的零用钱用于公益事业。8.双方同意将至少20%的零用钱用于储蓄。9.双方同意每项支出都必须清楚、确切地被记录。 10.双方同意在未经爸爸、妈妈或斯格尔思小姐（家庭教师）的同意下，约翰不可以购买商品，并不得向爸爸、妈妈要钱。11.双方同意如果约翰需要购买零用钱使用范围以外的商品时，

约翰必须征得爸爸、妈妈或斯格尔思小姐的同意，后者将给予约翰足够的资金。找回的零钱和标明商品价格、找零的收据必须在商品购买的当天晚上交给资金的给予方。12.双方同意约翰不向任何家庭教师、爸爸的助手和他人要求垫付资金（车费除外）。13.对于约翰存进银行账户的零用钱，其超过20%的部分（见细则第8款），爸爸将向约翰的账户补加同等数量的存款。14.以上零用钱公约细则将长期有效，直到签字双方同时决定修改其内容。

以上协议，双方同意并执行。

小约翰·D.洛克菲勒（签名）

约翰·D.洛克菲勒三世（签名）

写作技巧 / Writing Skill

文风质朴，自含深意：鲁迅说，为文要"有真意，去粉饰，少卖弄，勿做作"。本文的文笔就非常质朴，没有一句华丽的辞藻，一张明明白白的"契约式"备忘录胜过无数箴言警句，其中蕴涵的教子苦心，令人感佩。

爱的箴言 / Loving Speaking

亲人的严格要求也是一种爱。它不仅可以激励一个人奋发进取，甚至可以影响到一个人的毕生追求。懂得这种爱的人，才会真正成长。

没空相处

文/佚名

人生是很短暂的，
如果你只是忙于身外之物而忽略了亲情，
就会丧失很多幸福和快乐。

有 一天，我的儿子出生了。他很可爱，但我没时间陪他，因为我要挣钱养家。我不在他身边时，他学会了走路和说话。他说："爸爸，我长大后会像你一样。"我摸了一下他的脸颊，然后夹着公文包往外走。儿子抱着他心爱的猫，抬头问我："爸爸，你什么时候回家？""哦，说不准，不过爸爸有空一定陪你玩，我们一定会玩得很开心的。"

有一天，我的儿子10岁了，我送了他一个篮球。他说："谢谢爸爸，你能教我打篮球吗？"我说："今天恐怕不行，我还有很多事要做呢。""那好吧。"他脸上没有显出失望，他很坚强，越来越像我了。

有一天，他从大学放暑假回家了，完全是一个男子汉的模样。我对他说："儿子，你让我感到自豪。你能坐下来和我说会儿话吗？"他摇摇头，笑着说："暑假里我约了同学出去兜风，你能把车子借我用吗？谢谢，再见。"

我退休了，儿子也结婚搬出去住了。有一天，我给他打电话："我想见见你。"他说："爸爸，我很想去看你，但是今天不行，我还有许多事要做呢！"我忽然觉得这话太熟悉了。啊，儿子长大了，真的很像当年的我。我摸着怀里的猫，最后问道："儿子，你什么时候回家？""哦，说不准。不过，我有空一定会去看你，我们一定谈得很开心。"

但愿这种事不要在你身上发生，因为人生只有一次，不能重来。🔲

写作技巧 / Writing Skill

运用对比烘托主题：前两段写父亲没空照顾儿子，后两段写儿子没空陪伴父亲。在这种情境的转换中，双方推辞的口吻竟然出奇的一致。这种鲜明的对比反映了亲情缺失的悲哀，读罢发人深思。

爱的箴言 / Loving Speaking

感情是双向的、互动的，而且在一起相处久了，才更情意深长。因为没空相处，亲人间的关系就会疏远。请学会关爱你的亲人吧，"找点时间，常回家看看"。

没有等很久

文/佚名

用一生来守候一份爱情，
这样的爱孤独而苍凉，却无怨无悔，
已然被时光之刀雕成了永恒。

男孩和女孩常常相约在镇上孔庙后面的板栗树下见面。男孩总爱迟到。他每次来的时候，女孩早已站在树下等他了。男孩见女孩的第一句话总是说："对不起，我来晚了。"女孩总是抿嘴微微一笑，说："没关系，我也刚来一会儿，没有等很久。"那时，男孩18岁，女孩16岁。

时间一天天地过去了，孔庙后面的板栗树越来越蓊郁，男孩和女孩也长大了，双方父母为他们定下了婚约。

婚礼的前一晚，月亮很大很圆，明晃晃地照在板栗树上。深秋的夜风有点凉意，男孩把女孩紧紧地拥在怀里，说："我会好好儿疼你一辈子的。"被拥在男孩怀里的女孩感到呼吸困难，却不愿男孩松开。

鞭炮放起来了，婚礼开始了，但迟迟不见新郎来迎亲。这时有人跑来送信，说新郎在来迎亲的路上被国民党军队抓去做壮丁了。女孩听到这消息，顿时就昏了过去。

被抓去做壮丁的男孩打过仗，负过伤，最后随军去了台湾。到了台湾后，他日夜思念自己的未婚妻。她结婚了吗？有孩子了吗？还常去那棵板栗树下吗？后来，男孩结婚了，有了四个孩子，不过他一直都没有停止对那个女孩的怀念。

一晃过了46个春秋，他的老伴患病去世了。他放不下故乡旧情，终于踏上了故乡的土地。可是，家乡小镇早已物是人非。孔庙被拆了，那里现在是一条商业街，不过那棵板栗树还在，只是树下早已不见了女孩当年那熟悉的身影。

幸好，有关部门终于帮助他联系到了当年的那个女孩。令他惊异的是，这么多年来，她一直都没有嫁人，还在孤独而执著地等着他！

男孩和女孩相约当天晚上在那棵板栗树下见面。又是一个月圆夜，风也一如46年前，凉凉的。

男孩急匆匆地走向那棵板栗树，远远地看见树下坐着一个满头白发的老太太，他的心一动，快步向她跑去。

听见脚步声，老太太慢慢地抬起头来——那熟悉的眼神，让他蓦地停下来，老泪涌出眼眶，哽咽着说："对不起，我来晚了……"

她艰难地站起身来，平静地笑了笑，说："没关系，我也是刚到一会儿，没有等很久……"🔲

写作技巧 / Writing Skill

善用侧面描写，衬托主要人物：故事的主角虽然是女孩，作者却站在男孩的视角，运用了大量的笔墨描写了男孩被迫失约、海外生活、返乡重聚等故事情节，这样的侧面描写更加衬托出女孩等待的辛酸和坚持的不易。

爱的箴言 / Loving Speaking

坚贞的爱情，贵在坚持的勇气——用46年的等待时间来见证真爱，将爱情进行到底。这份坚持，比海誓山盟更纯粹，更令我们感动。

美丽的空位

文/木户克海 [日]

伊人已逝，空位犹存，
一个被大海见证的凄美的爱情故事，
年年在这里传唱……

那是一个月色迷人的周六夜晚，我和几个朋友一起到一家饭馆用餐。这家饭馆很有情调，从里面可以望见大海。

走进饭馆，立刻映入眼帘的是一张靠近窗户的桌位。桌上摆满了鲜花，还燃着两根长长的蜡烛。一看就知道，桌位是别人预定的。服务生领着我们来到那张桌附近的一张桌坐下。我不免有些好奇：会是什么人来到那里呢？他们今晚要庆祝什么？那张桌上簇拥着百合、菊花、康乃馨等各式各样的鲜花；蜡烛的长度足够燃两个小时，火苗很旺，即便窗外的海风吹进来，也不会被吹灭。

我们不紧不慢地吃着饭。可直到我们结账时，那张桌上仍然没有人出现，只是蜡烛已经矮了许多。

在这之前，我们一直都没有留意。现在才发现，老板和服务生每次路过那张桌时都会驻足，用满含深情的目光看一眼那张空无一人的桌子。他们的目光是那样的柔和，可里面似乎又含着些许悲伤。我禁不住向老板问起了缘由。

于是，便有了下面这个凄婉的故事。

"5年前的今晚，一对刚举行完婚礼的年轻夫妇就是在那个座位，吃了一餐庆祝的晚餐。丈夫叫露翰，是轮船上的工作人员。当时的情景也像今晚这样：摆放着花束，点燃着蜡烛。两人看起来是那样的幸福，所以给我们留下的印象也很深刻。第二年结婚纪念日那天，两个人又来

了，仍是在那张桌上吃的晚饭。可到了第三年，却只寄来了一份电报和一张5美元的汇票。电报上说，妻子患乳腺癌去世了，自己也因出海不能回来，但希望那张桌子能留给他们，我们大吃一惊——那样一位年轻美丽的妻子就这样匆匆离开了！我们按照他的请求做了。之后，每年都有类似的电报和汇票寄过来，去年是从横滨，今年是从伦敦。想必此刻，露翰先生也一定在思念他的爱妻吧？"

这是一个多么感人的故事啊！而同时我也为老板的善心而感动，因为桌子上的东西，仅鲜花的价格就超过了5美元。继续问下来，还知道老板每年都将那5美元的汇票捐给露翰夫人长眠的教堂。

花束中那徐徐燃烧的烛火，仿佛在娓娓动情地向这里的人诉说着这个美丽而凄婉的爱情绝唱。🏮

写作技巧 / Writing Skill

经营悬疑的气氛，写就动人的篇章："我"和几个朋友在饭馆中一直未见预约空位的人出现，直到老板讲述了那个动人的爱情故事，"我"和读者才心下释然，并深为感动。作者步步设疑，水到渠成地将文章推向了高潮。

爱的箴言 / Loving Speaking

爱的温度能保持多久？这个美丽凄婉的爱情故事，告诉了我们答案。请珍惜亲人和爱人给予我们的深情厚爱吧，莫让它成为流逝的河流而枉自嗟叹。

陌生的守护

文/佚名

如果有人需要你陪伴，请你也留下来。
因为成全人间的亲情，是一种做人的基本职责。

一位护士领着一位疲惫而又急切的士兵，来到了一张病床边。

"您的儿子来看您了。" 护士对老人说着。

护士说了好几遍，老人的眼睛才勉强睁开。因为心脏病注射了很多药，他双眼模糊地看到一位年轻的海军士兵站在氧气瓶的旁边。于是，他伸出了一只手。

士兵马上握住了老人那干枯瘦弱的手，用无声的语言传达着安慰。护士给他搬来了一把椅子，让他坐在老人的床边。

士兵就这样握着老人的手，整夜地陪伴在光线暗淡的病房里，给老

人鼓励和安慰。

护士不时地提醒士兵休息一会儿，但他每次都拒绝了。

护士每次走进病房的时候，她觉得士兵一定注意到了自己。但是，她给病人更换氧气瓶、夜班人员互致问候、其他病人的呻吟，这些吵闹的声音好像对士兵没有产生什么影响。

老人躺在床上，什么话也没说，只是紧紧地握着士兵的手。

到黎明来临的时候，老人去世了。

士兵这才放下老人的手，走出屋去，通知护士。

当护士来处理的时候，士兵就站在旁边等待。

最后，护士把一切做完，开始安慰他，但是他打断了护士的话。

"这个老人是谁？"他问道。

护士吃了一惊，说："他是你的父亲啊！"

"不，他不是。"士兵回答，"我从来没有见过他。"

"那么，为什么在你刚见到他的时候不说话呢？"

"当你叫我来守候老人的时候，我知道一定弄误会了，但我知道他更需要他的儿子，而他却不在。他已经病得认不出自己的儿子了，但仍希望他在身边守候，所以我就决定留下来。"

如果有人也需要你陪伴的时候，请你也留下来。这样做，是不会让你后悔的。🔲

写作技巧 / Writing Skill

出人意料的结尾，耐人回味：这不是一个儿子守护父亲在人间的最后一程的故事，士兵的话揭晓了答案：他和老人根本就不认识。这样的结尾真是出人意料，但士兵"将错就错"的善良举动也让读者觉得是在情理之中。

爱的箴言 / Loving Speaking

在老人最需要亲人时，士兵毅然伸出手。在这只陌生人的手上，却传递着人世间最美丽的亲情。是爱点燃了亲情的火种，照亮我们的一生！

平分生命

文/佚名

为了至爱的亲人，我们可以平分自己的生命。
这就是人类最无私、最纯真的诺言。

父母早逝，男孩与妹妹相依为命。妹妹是男孩唯一的亲人，所以他爱妹妹胜过爱自己。然而，灾难再次降临在这两个不幸的孩子身上。妹妹染上重病，需要输血。作为妹妹唯一的亲人，男孩的血型和妹妹相符。医生问男孩是否勇敢，男孩开始犹豫，10岁的大脑经过一番思考，终于点了点头。

抽血时，男孩没有发出一丝声响，只是向着邻床的妹妹微笑。抽血完毕，男孩声音颤抖地问："医生，我还能活多久？"

医生正想笑男孩的无知，但转念间又被男孩的勇敢震撼了：在男孩

10岁的大脑中，他认为输血会失去生命，但他仍然肯输血给妹妹。

于是，他紧握男孩的手说："放心吧，孩子，你不会死，输血不会丢掉生命。"

男孩的目光中放出了光彩："真的？那我还能活多少年？"

医生微笑了，充满爱心地说："你能活到100岁，小伙子，你很健康！"男孩高兴得又蹦又跳。

男孩确认自己真的没事时，就又挽起刚才被抽血的胳膊，昂起头，郑重地对医生说："那就把我的血抽一半给妹妹吧，我们每个人都可以活50年！"

所有人都震惊了，这不是孩子无心的承诺，而是人类最无私、最纯真的诺言。🔳

写作技巧 / Writing Skill

以人物的情感变化为主线，烘托主题：在给妹妹输血前，男孩是犹豫的；给妹妹输血后，他又担心自己是否有生命危险；最终，他郑重地宣布要平分自己的生命给妹妹……这些情感变化曲折生动，有力地烘托了主题。

爱的箴言 / Loving Speaking

读罢故事，我们不能不为男孩身上所体现的浓浓兄妹之情所震撼，这是一种天然、纯朴、无私的情感。对这份美好的亲情，我们都应该感念和珍惜。

亲情的力量

文/佚名

在存亡未卜的时刻，亲人给了我们力量，
那是一种比爱情更持久、更内敛而热烈的力量。

美国大兵在赴伊前线前和自己的妻子、儿女拥抱，电视中播放了登机前半个小时的画面。那个全副武装的士兵拥着妻子，迷茫的眼中有泪光闪现。

那个画面就一直留于我的脑中，很少见过侵略者的眼泪。

在美伊开战的二十多天中，全世界都看到了伊拉克人的顽强，美国武器的强大和不可抗拒，美国士兵的胆小怕死。

但，我喜欢这样的"怕死"。

做客央视的军事专家说，美国人的自我感觉太好，他们总是认为自己的命很值钱。

我不想从战争和军人的角度去分析美国士兵的怕死，从自己的情感去揣测，这样的怕死理所当然。

从良知上说，他是侵略者。从个人来说，他是无辜者。从家庭来说，他是丈夫和父亲，他的身后是浓浓的亲情之爱。这一切，如何让他不怕死？

他们的命真的很值钱，因为他们身后有爱。

多年前的一部电影《高山下的花环》中，有个叫靳开来的人，他在为战友砍甘蔗的时候不幸触雷身亡。在他的身上，战友发现了一张全家福照片。

这个画面就一直就被我记忆下来。我总是在想，靳开来在灵魂离去的时候，他想的是什么。

我想应该是妻子和那个虎头虎脑的儿子。每念及此处，我就为靳开来欣慰。

上个世纪末，一位"二战"士兵在太平洋的一座孤岛上被人发现，他在岛上生活了53年。53年前，他的战舰被日本战舰击沉，他只身一个人游到这座孤岛上，开始了"原始人"的生活。

回国后的老兵已经丧失了语言能力，他带回来的东西只有一张发黄的照片，照片中有他的妻子和女儿。他唯一能说的几个单词，就是女儿和妻子的发音。

53年的"原始人"生活，应该有许多种死法，但是那张照片却没让他死去。

亲情是一种力量，是一种要比爱情更持久、更内敛而热烈的力量。

写作技巧 / Writing Skill

妙运一线串珠法，表达文章主旨：作者围绕"亲情"这一主题，选取了三个故事：美国大兵在赴伊前线前和妻儿洒泪而别，靳开来和全家福的故事，"二战"士兵在太平洋的孤岛生活……这些故事，从不同角度和侧面支撑了文章主题。

爱的箴言 / Loving Speaking

对亲情的思念有起点，却没有终点，它是一种永难忘却的情感。身处异国他乡的人，对亲情的思念更浓郁，它是一种对家的留恋，是一种对团圆的渴望。

情人节的故事

文/乔安·洛森 [美]

要想得到亲人的热爱，你也应该热爱亲人。
学会真心赞赏，才会拥有幸福。

赖利和乔安是一对平凡的夫妻，住在中等社区的普通房子里。跟其他平凡夫妻一样，他们努力挣钱、维持家计，为孩子的未来积极打算。

有人说，做夫妻没有不闹别扭的。他们也会为婚姻生活的不如意而吵嘴，相互责备。但有一天，一件不同寻常的事情发生了。

"你知道吗，乔安，我有一个神奇的衣柜，每次我一打开抽屉，里面就摆好了袜子和内衣。"赖利对乔安说，"谢谢你这些年来帮我整理衣物。"乔安听了，摘下眼镜，瞅着赖利问道："你想干什么？""我没别的意思，我只是想表达心中的谢意。"乔安心想：反正这也不是赖利第一次说些莫名其妙的话，因此对这事也不特别在意。

　　"乔安，这个月开出的16张支票中有15张的号码登记正确，刷新了以前的记录了。" 乔安停下手头的工作，狐疑地望着赖利，说："你总是抱怨我把支票号码登记错误，今天怎么改变态度了？" "没有什么特别理由，谢谢你这么细心，注意到这些小事。" 乔安摇了摇头，继续缝补衣物。"他到底哪儿不对劲呀？" 她不解地喃喃自语。然而，乔安隔天在超市开支票时，不自觉地留意是否写对了支票号码。

　　乔安当初试着不去在意赖利的改变，但他的"怪异言行"却又"变本加厉"了。"乔安，这顿晚餐好丰盛呀！辛苦你了，过去15年来，你为我和孩子至少煮了一万四千多次饭。" "乔安，屋子看来真干净，你一定费了不少力气收拾吧？" "乔安，谢谢，有你陪在身边真好。" 乔安心中疑虑渐增："他以前不是老爱讽刺我、批评我吗？"

赖利不时地表达他的谢意或赞美。数周过后，乔安渐渐习惯了丈夫的"怪异言行"，有时还会轻声地回一句"谢谢"。虽然她心中颇受感动，但表面仍是一副若无其事的样子。直到有一天，赖利走进厨房，对她说："把锅铲放下，去休息吧，今晚的菜我来做就行了。"过了许久，乔安终于说："谢谢你，赖利，真的很谢谢你。"

乔安现在的自信心大增；有时，她嘴上还会哼着歌，连走路的步伐都轻快了许多。她心想："我还真喜欢赖利现在的样子呢！"

故事本该到此结束，不过后来有一天又发生了另一件稀奇的事。这次换乔安开口说话了："赖利，谢谢你多年来辛苦工作养活这个家，我还从没向你表示过心里的感激。"

写作技巧 / Writing Skill

以动静结合的表现手法，烘托主题：赖利自始至终的赞美妻子，是一种静态写法；乔安对丈夫的心理变化，是一种动态写法。静态写法酣畅淋漓，动态写法若隐若现。这种动静结合的写法，使主题更加鲜明生动。

爱的箴言 / Loving Speaking

赞美能使亲人之间消除误解，赞美能使亲人之间敞开心扉。同样，亲人的赞美也会让我们得到肯定，感受爱意。谁学会赞美，谁就会收获一个美丽人生。

天使原来是这样的

文/南希·麦克奎尔 [英]

天使就在人间，并且无处不在：
她会带着慈爱和真情，出现在朋友、家庭或陌生人中间。

童年的时候，我被妈妈故事中的天使迷住了。妈妈说，在我身边时刻都有天使的陪伴。我对妈妈的话深信不疑。在我的脑子里，清楚地浮现着她的形象：她身穿轻柔的白纱裙，有一对美丽的翅膀，浑身笼罩着神秘的光环。

然而，我的外婆根本不信这一切，她只知不停地劳作，日复一日地为全家人的吃喝操心。妈妈温柔而美丽，外婆则很刚强，只是看上去总是疲惫不堪。她是那时我所见到的最慈祥却最不可理喻的女人：只相信行动，从不轻信言语。当隔壁邻居的女人半夜因小产而大出血时，妈妈只会陪在那个女人身旁，不停地哭泣，而外婆却立刻跑到一英里半以外去找医生。

外婆是左邻右舍的主心骨，人们免不了需要这样那样的帮助，而她则乐意帮助每一个人。我常常看到她给一些人家送去牛奶和食物。她自然、直率而慷慨，使接受帮助的人没有丝毫的难堪。她设法给我们做衣服，在毫无希望的时候，像变戏法一样给我们做出每顿饭。

长大后，我把对天使的迷恋转移到对天使的认真研究上来了，我试图证明天使的真实存在。我约见那些声称见过天使的人，听他们讲述他们是如何从重病中恢复过来或如何奇迹般地躲过灾祸的。

有这样一个故事：一个小男孩因为在全家人上火车前不停地拼命号哭，使全家都耽误了上火车，后来那趟火车出了事。男孩说，在这之前，他看到了天使，她告诉他不要上那辆火车。

外婆可不信这个故事，她说："如果真是这样的话，那天使为什么不救每一个人呢？"

9年前，外婆故去了。我心中似乎有一种什么东西崩塌了，她带走了被称为生命力或活力的那种东西。没有人能代替她留给我的这种感觉。

日常报道中充斥的是罪恶、谋杀和痛苦，即使是在白天，我也时常感到脆弱和胆怯。我常想象我3岁的女儿可能会遭到绑架或被人谋杀，因此我尽可能使她在我的监护之下。

外婆去世约一年后的某一天，我去加油站加油，在交钱时发现皮夹不翼而飞。是丢了，还是被偷了？眼泪不知不觉在我的眼眶里打转。这时，站在我身后的一个男子把一张10英镑的纸币放到柜台上，安慰我说："别伤心，这种事谁都有可能碰上。"还没等我明白过来对他道谢时，他就快步走开了。

这件事对我来说是个转折点，我发现我试图证明天使存在的想法可能是错的。在生活中，天使无处不在。她会带着慈爱和真情，在朋友、家庭或陌生人中间偶尔出现。当你意识到这一点后，你就能经常看到她，并受到感染和鼓舞。

天使没有美丽的翅膀，也不一定穿着柔和的纱裙，她肯定不是我童年时想象的那个样子。也许，她看上去是个餐馆招待员、教师或加油站的机械修理工。他们的行为像……是的，就像我的外婆那样。

我女儿有时候会问到我的外婆。不久前，她说："你的外婆现在变成天使了吗？"我说："亲爱的，她一直就是个天使。"🔳

写作技巧 / Writing Skill

巧妙设置悬念，吸引读者的阅读兴趣：在文章的开头，作者设置了这样一个悬念——天使真的像妈妈讲述的那样吗？接着，作者以插叙的方式讲述了外婆热心助人的故事。随着情节的展开，悬念最终破解，读者也从中大受启迪。

爱的箴言 / Loving Speaking

身穿白纱裙，长着一对翅膀，这是神话故事中天使的典型形象。如果天使降临人间，那又会是什么样子呢？从外表你是看不出来的，因为天使也许化为你的亲人，也许是你的朋友，也许变成一个有爱心的陌生人……是的，人间有爱，天使永在。

我的奶奶

文/李美爱 [韩]

奶奶的手是黑黑的，那是艰辛留下的痕迹；
奶奶的心是滚烫的，那是坚忍和善良在燃烧。

父亲在一家小公司工作，很辛苦地赚钱养家。为了替父亲分担一些责任，奶奶上山挖野菜，整理完再把它们卖掉，以此来贴补家用。

尽管奶奶很辛苦地叫卖着，但比起生意兴隆的日子，生意清淡的日子总是占大多数。

我很讨厌没有奶奶的房间，因为那会让我倍感孤单；也很讨厌奶奶挖山野菜，因为只要我一做完作业，就必须帮奶奶择菜。而这个脏活，常常把我的指尖染黑。如果那样，无论用清水怎么洗，那种脏兮兮的黑色总是洗不掉，让我懊恼极了。

有一天，发生了一件让我措手不及的事儿。

　　"星期六之前，同学们一定要把家长带到学校来，记住了吗？"老师对我们说，"学校要求学生们带家长到学校，主要是为了商量小学升初中的有关事宜。"别的同学当然无所谓，而我……能和我一起到学校的，只有奶奶一个人。听到老师的话，我无奈地叹了一口气："唉……" 寒酸的衣服、微驼的背……最要命的，是奶奶指尖那脏兮兮的黑色！

　　不懂事的我，掩饰不住内心的焦虑，不知道该怎么办才好。不管怎么样，我都不愿让老师看到奶奶指尖的黑色。我满脸不高兴地回到家，犹犹豫豫地说："嗯，奶奶……老师让家长明天到学校。"

　　虽然不得不说出学校的要求，我心里却暗自嘀咕："唉，万一奶奶真的去了，可怎么办啊？"我心底备受煎熬，晚饭也没吃，盖上被子，蒙头大睡。

第二天下午，有同学告诉我，老师让我去教务室一趟。还没进屋，我忽然愣住了，几乎在一瞬间，我的眼睛里充满了泪水！"呀，奶奶！"我看见老师紧紧地握住奶奶的手，站在那里。"智英呀，你一定要努力学习，将来好好孝顺奶奶！"听到老师的话，我再也忍不住，顷刻间眼泪夺眶而出。

老师的眼角发红，就那样握着奶奶的手。那是怎样的一双手啊：整个手掌肿得很大，红色的伤痕斑斑点点！原来，奶奶很清楚孙女为自己的这双手感到羞愧，于是整个早晨，她老人家都在用漂白剂不停地洗手，还用铁屑抹布擦手，想去掉手上的黑色。结果，手背上裂开了大大小小的口子，血从里面流了出来。

看到那一双手，我才懂得了奶奶那颗坚忍而善良的心！

写作技巧 / Writing Skill

以人物的心理变化为线索，贯穿全文：奶奶的"黑"手让"我"懊恼、羞愧、感动……"我"的一系列心理变化贯穿首尾，使全篇结构浑然一体。这样的写法十分符合第一人称的口吻，因而真实感人。

爱的箴言 / Loving Speaking

为了我们的成长，为了赚钱养家，祖辈们用羸弱的肩膀挑起生活的重担，饱尝世事的艰辛。他们给了我们这么多爱，难道我们就不该怀着感恩的心去回报吗？

我愿成为你的声音

文/万新

爱情需要表白，行动证明一切。不会甜言蜜语没关系，
只要会手语，就依然可以传递爱的声音。

由于家人的强烈反对，女孩常与男孩拌嘴，尽管女孩深爱着那个男孩，但她还是忍不住经常问他："你到底爱我有多深？"而男孩不善言辞，不会拿甜言蜜语来哄女孩开心，这经常让女孩不高兴。

经过几年的交往后，男孩最终大学毕业，并决定到海外继续深造。在出国之前，男孩对女孩说："我不大会讲话，但是我知道我最爱的人是你。如果你答应的话，我会好好照顾你的。至于你的家人，我会尽我最大的努力去说服他们，你愿意嫁给我吗？"

女孩同意了。在男孩的一再坚持以及耐心的说服下，女孩的家人最终做出了让步。于是，男孩在出国之前同女孩订了婚。

不久，女孩就参加工作了。男孩在国外孜孜以求，继续着他的学业。他俩经常通过电子邮件和电话诉说衷肠。尽管这样维持爱情很是受累，但他们坚持不懈，从没想过要放弃。

一天，女孩在去上班的路上被一辆失控的汽车撞倒了。当她醒来时，她看到父母守候在她的病床边，立刻意识到自己的伤势不轻。看到妈妈在哭，她想安慰几句，但是她发现她已说不出来话了。她失声了。

住院期间，她除了无声的哭泣外，还是无声的哭泣。回家后，一切仍是老样子。每次男孩打来电话的铃声响起时，她无法也不能去接听电话，因为她不想让男孩知道这件事，也不希望成为他终生的负担。于是她就给男孩写了封信，说她再也不愿等他了。

男孩接到信后给她写了无数封回信，也打了无数个电话，却始终

得不到她的回音，女孩的父母决定搬家换一个环境，希望女孩在新的生活环境里能将这一切忘掉，过得开心一些，重新开始一种新的生活。

一年后，女孩的朋友来看女孩时给她带来了一个信封，信封里装的是男孩的结婚请帖。女孩的心一下碎了，当她打开请帖时，却发现新娘的名字竟是她。当她惊讶地要问朋友这是怎么一回事的时候，忽然发现男孩已站在了她的面前。

他用手语对她说："我花了一年的时间学习手语，现在终于学会了。我从来没有忘记我们的爱情誓言，请给我一次机会吧，让我成为你的声音。我爱你！"话音刚落，他便把结婚戒指戴在了女孩的手指上。女孩终于绽开了醉人的笑容，激动和幸福的泪水模糊了她的双眼。圖

写作技巧 / Writing Skill

正面描写和侧面描写相结合：女孩对男孩的犹豫，是正面描写，作者着墨最多；男孩对女孩的执著不弃，是侧面描写，作者则用语简省。作者将正面描写和侧面描写结合起来，使文章架构显得更加饱满而立体。

爱的箴言 / Loving Speaking

男孩为了爱人而改变自己，唯一不变的是那颗对爱情执著专一的心。"你到底爱我有多深？"对这句追问，再美丽的言辞也难以形容，而坚定的行动就是最好的回答。

我喜欢咱们一起过

文/孙红岩

在成人看来"离婚"是沉重的话题，
可在儿子的口中却别有童趣，满是对家人难舍的亲情。

儿子7岁的时候，有一次在回家的路上，他忽然表情凝重地说："我们班上有一个同学的爸爸、妈妈离婚了。" 我心不在焉地"哦"了一声。他奇怪地问我："妈妈，你怎么不说'好可怜哦'？" 我正向卖水果的地方张望，考虑买哪家的橘子，就顺口说："好可怜哦！" 他又说："咱们后面楼上的那个小孩子，就是整天跑步的那个，他的爸爸、妈妈也离婚了。" 我继续说："好可怜哦！"然后开始挑选橘子。

买好后，我顺手递给他一个，他却不接。又走了几步，他突然像鼓足了勇气似的小心翼翼地问我："妈妈，你会和爸爸离婚吗？" 我坚定地摇摇头说："不会的，你放心吧！" 可是，他不放心，继续追问我：

"如果离呢？如果离了，你会要我吗？" 看着他认真的表情，我不好再敷衍，就问："你呢？你愿意跟谁呢？" 他紧紧地拉着我的手，说："我当然愿意跟妈妈！" 我搂着他细弱的肩膀，坚定地点点头说："儿子，妈妈也绝对会要你！妈妈可不会把你丢给后娘。" 儿子放心地笑了，并主动要了一个橘子吃。

橘子吃了一瓣，他忽然像才想起一件大事似的问："就我跟你两个人吗？妈妈，我可以带一个人吗？"我觉得很好笑，这小家伙，怎么假戏真唱了呢？于是我说："好吧，允许你带一个人。你想带谁呢？" 他说："我喜欢奶奶，我想带奶奶。"我装作认真地想了一下，然后说："好吧，允许你带奶奶。" 他开心地笑了一下，忽然又说："把爷爷也带上吧！爷爷不会做饭，得跟着奶奶。"

我再作思索的样子。他怕我不答应，就在一旁不停地求我，我终于郑重地点点头说："好吧，把爷爷、奶奶都带上。"儿子非常开心，痛快地吃了余下的橘子。

　　快到家时，他突然又说："妈妈，我还想带一个人。""这次不能再带了。"我想不出他还会带谁，就拒绝了他。"妈妈，求求你带上他吧！"儿子着急地说。"好吧，你还想带谁呢？"我有些不耐烦地问道。"带上爸爸吧！他一个人过多可怜呀！"儿子终于说。"哈哈哈！"我不禁开心大笑起来，全然不顾路人诧异的目光。"把你爸爸也带上，怎么算是你刚才说的离婚呀？"我笑得几乎喘不过气。儿子却没笑，也毫不理会我的问题，他还在求我带上他的爸爸。我边笑边说："好吧好吧！带上你的爷爷、奶奶，带上你的爸爸，咱们一起过！"

　　儿子这次完全放心了，他说："妈妈，我喜欢咱们一起过。"🔲

写作技巧 / Writing Skill

　　巧妙运用对话的方式，产生极强的喜剧效果：在带上爸爸的问题上，儿子与母亲的对话情景着实有趣——母亲忍不住笑出声来，儿子却那么一本正经。通过这样的对话，让人在微笑之余也为孩子的纯真而感动。

爱的箴言 / Loving Speaking

　　幸福是什么？每个人面对这个问题都会有不同的解答。儿子虽然年龄很小，却也有自己的幸福观。在他看来，幸福就是一家人一直快乐地生活在一起，永不分开。看似平平淡淡的日子，只要家庭成员间互敬互爱、真情相待，就会拥有无限的幸福。

小店相识

文/佚名

在一家小吃店里，他和她相识并相爱了。
一次次故地重游，让这份珍贵的爱情天长地久。

我 坐在一家小吃店里自斟自饮。忽然走进来一位女士，侍者请她在邻桌就坐。她大约快四十岁了，从侧面看轮廓清秀，线条优美，穿着简洁而入时。

我在另一张桌旁还发现一个四十多岁的男人，他冲她微笑着，她也以微笑回敬。一会儿，男人起身走了出去，片刻而归，回到原座，手中添了一束兰花。他在一张菜单上写了几笔，然后交给侍者，侍者将菜单与兰花一并送到她面前，女士看过菜单微微点头。男人随即离座移步过来，说："十分感谢您能允许我与您同坐一桌，独自一人实在无聊。"

接着我又听到，"我在城里经常见到您，但不知如何接近。"女士听后友好地对他报以微笑。侍者送来了葡萄酒，就听男人说："今天喝葡萄酒是再合适不过了！来，小姐，为我们的相识干杯！"

我要走了，结账时侍者悄悄告诉我："他们这样已好久了，每年3月的傍晚总是男的先来，女的后到，总要同一张桌子，多少年来一直如此。有一次我问那位教授先生为何要这样做，他回答：'我们想保持年轻。'""那位女士是谁呢？"我问侍者。"他的妻子。"

写作技巧 / Writing Skill

情节充满悬疑，吸引读者读下去：女士刚走进小店，其身份就扑朔迷离。后来男士主动搭讪，"我"以为男士和女士只是初次相识。直到文末，侍者的话才揭晓了答案。这种悬疑的写法牢牢地吸引了读者的眼球，让人大感意外，而又回味无穷。

爱的箴言 / Loving Speaking

初恋的感觉像柠檬：有酸、有甜、有苦，它是一次无法忘怀的回味，它是一段无法磨灭的记忆，它是一段无法更改的历史……有情人终成眷属，总是人间美事。懂得珍惜彼此的感情，这样的爱情才能永葆纯真亮丽的颜色。

邂 逅

文/S.贾加迪散 [印度]

> 恒河旅馆的墙上，竟然挂着一张母亲的画像。
> 拨开缭绕的香烟，一个感恩故事渐渐浮现……

天色开始放亮，长途汽车在路边一家旅馆门前慢慢停下来。

旅馆大门上方有一行非常醒目的大字——"恒河旅馆"。走进旅馆，一股檀木香味扑面而来。一个三十多岁、身着白衣的男子正对着墙上的一幅画像祈祷。画像前的供台上摆放着鲜花，铜制香炉里燃着檀木香。啊，这不是母亲的画像吗？怎么在这里？我感到奇怪。那个男子祈祷完，在肖像前放了一杯咖啡，回到服务台。

我要了一份糕点和一杯咖啡，然后一边吃早点，一边盯着墙上母亲的画像。吃完饭洗过手，我找到坐在服务台后的男子结账。很显然，他就是旅馆的老板。

"15个卢比，先生。"他说着。我打开钱包取钱时，他一直盯着我。突然，他从椅子上站起身，握住我的手，激动地问道："你是卡南吧？"

"我是，"我回答，"你是谁？"

"你还记得那个捡破烂的卡利吗？"是的，我记得捡破烂的卡利。那时我12岁，卡利大概有八九岁。他每天捡废品，卖废品。他捡回废品后，就在我家外面的树下分类，然后分别将各类废品装袋。

卡利是个孤儿，父母都不在了。我母亲每天供他吃饭，他成了我家的一员。不用支使，他每天都会把我家院子和屋后的小花园打扫得干干净净。偶尔，他也有事离开。一天，卡利说他要回老家照顾他舅舅。我母亲祝福他，并送给他一些钱。从此，我们就再也没他的消息了。

"真没想到能在这里碰到你，你是怎么到这儿来的？"我问。

"说来话长，卡南。我在你们那儿捡破烂时，只要我到废品回收中心卖破烂，那里的老板都要多给我10到15个卢比。阿妈则管我吃，管我

穿，管我住。当我告诉废品回收中心老板我要回老家时，他出于同情也给了我一些钱。回家后，我舅舅送了我这所房子，我在这儿开了一家茶馆，所有路过这里的车辆都停下，生意很红火。后来，我又从银行贷款建起这家旅馆。我妻子唐加姆，帮我经营。"说着，卡利喊妻子："唐加姆，快来。这是卡南，当年管我吃住的那位阿妈的儿子。"唐加姆向我行触脚礼，我感到很不安。

这时，售票员吹起集合哨，汽车又该上路了。我要结账，卡利却摇摇手说："我怎么能收阿妈儿子的钱呢？"我双手合十，在母亲的画像前默立了一会。卡利挽起我的胳膊，把我推上汽车。我感到泪水就要涌出眼眶了。🔲

写作技巧 / Writing Skill

前后呼应，使文章浑然一体：文章在开头和结尾都提到了母亲的画像。开头一次是布置疑团，笼罩全篇；结尾一次是照应开头，并再次暗示读者回味这个感恩故事。这种前后呼应不是简单重复，而是情节发展的需要。

爱的箴言 / Loving Speaking

阿妈给予了卡利母爱，而卡利对这份亲情也永志不忘。亲情大多来自至亲，但陌生人的关爱也会给我们以亲人般的温暖。世间的无限亲情，让我们感动一生。

兄 弟

文/梅子

往昔，姐弟间总是充斥着分分合合的打闹声；
现在看来，这样的亲情似乎又多了几分回味。

弟在电话的那一头问："报上有你的名字，是你的文章吗？"异乡的冬天很冷，立于喧嚣的人流里，拨响家里的电话。弟的声音就随旧事一起浮到了眼前。

小时候是常和弟打架的。因为两个人年纪相差不大，便时常觉得亏。母亲总说，做姐姐的该让着弟弟，他小。他长到100岁也比我小呀！我愤愤不平地同母亲叫嚷，随即瞪着眼睛看弟。

弟和我在同一个幼儿园，幼儿园的老师说，彬儿真护着他姐。那回不知为什么事老师说了我几句，弟死活不依，哭着闹着同老师讲理，弄得老师只好让步。老师私下里说，这丑小子挺倔。真的，弟小时候长得一点儿也不好看，黑黑的，又偏，远没有我那副伶牙俐齿的模样招人爱。

到底是大弟两岁的，所以在很长一段时间里，高出他很多，能够声色俱厉地教育他。弟想看电视，却够不着插头，便来找我。我于是得意洋洋地发布命令："叫姐。"弟很乖地叫。"大点声。"弟又叫。这才心满意足地插上插头，两人看电视。若是为看什么节目同弟争吵了，便一把扯下插头，看着弟一遍遍地踮起脚尖够插头。

两人一直打打闹闹的，一晃就是十几年。那些年里，我丝毫没有做姐姐的样子，倒是弟时常让着我。

离家去另一座城市读书，走时，弟送我，看着站在眼前的弟，猛然觉得当年那个丑小子一下子长大了，不知何时高出我许多，大包大揽地拎着我的包，走在我的前头。这就是那个老是同我打架的小男孩吗？车要开了，弟将包递到我的手上，笑着说："姐，好好念书，读个研究生出来。"那神情，仿佛是在教育小妹。我站在车里，看着弟的影子缓缓

后移，一点也找不到儿时的影子。

弟一直在父母身边读书，大学毕业后留在父母身边工作。我常说弟没出息，恋家。弟听了，也不反驳。一年里，两人见面的时间，也就是我回家过春节的那几天。在家的时候，和弟一起出去，弟总叮嘱我"天冷，戴着手套"，一副保护弱女子的派头。

我离家后，弟从来没写过信来，只是每年过年，寄张卡来。

家里装了电话，打电话回去。电话里，弟的声音很近，仿佛隔着一扇门。小时候，隔着一扇门，我和弟吵架，弟要进屋，我在屋里堵着门。如今隔远了，却想伸手推开那扇门。

写作技巧 / Writing Skill

妙用镜头剪接法，集中地表现主题：作者将成长过程中一系列生动感人的小故事剪接起来，以姐弟亲情贯穿始终。从中，读者既看到了弟弟的"倔"和通情达理，又看到了姐姐的霸道和愧疚，姐弟之情因而展现得淋漓尽致。

爱的箴言 / Loving Speaking

小时候，姐不肯让着弟，弟却总是护着姐、包容姐。可不管姐弟再怎么打闹，一奶同胞的血缘不会变，同根连枝的情意永远在。待长大成人后，我们更会感受到那份亲情的可贵。

一罐果酱

文/埃德加·布莱索 [美]

一罐果酱，就是一种"力量"的象征。
一个人只要还有力量帮助别人，他就是富有的。

记得有一年，我丢掉了工作。而在那之前，父亲所在的工厂也倒闭了。我们全家就只能依靠妈妈为别人做衣服的收入生活，日子的艰难可想而知。

一天，妹妹放学回家，兴冲冲地对妈妈说："我们明天要带些东西到学校去，捐给穷人，帮他们渡过难关。"妈妈则脱口而出："我可不知道还有比我们更穷的人！"当时外婆正和我们住在一起，她赶紧拉住妈妈的手臂，皱了皱眉头，示意她不要这样讲话。

"伊瓦，"外婆说道，"如果你让孩子从小就把自己当成一个'穷人'的话，那她一辈子都会是个'穷人'了。她会永远等待别人的帮助，这样的人怎么能振作起来，从而当上'富人'呢？咱们不是还有一罐自制的果酱吗？让她拿去。一个人只要还有力量帮助别人，他就是富有的。"外婆不知从哪里找来一张软纸和一段粉红色的丝带，把我家那最后一罐果酱精心包好，递给妹妹。第二天，妹妹欢喜而自豪地带着礼物去帮助"穷人"了。

直到现在，拥有三家酒店的妹妹仍然记着那罐果酱。无论是在公司里还是在社区里，一看到有人需要帮助，妹妹总认为自己应该是一个"送果酱"的人。圆

写作技巧 / Writing Skill

含意深长的结尾，给读者留下永久的回味：结尾说，妹妹长大后，还总认为自己是一个"送果酱"的人。也就是说，"送果酱"不只是一时的助人义举，而且影响了妹妹的一生。这样的结尾余韵悠长，绕梁三日。

爱的箴言 / Loving Speaking

长辈们给予我们的，除了爱，还有许多智慧。这些智慧，是他们人生经验的结晶。那些朴素而富有哲理的话，将引领我们的人生航向。终有一天，他们的身体会离我们而去，但留下的爱与智慧将一代代地传下去。

衣领上的玫瑰

文/约翰·R.兰塞 [美]

小男孩只想要一朵玫瑰花送给祖母，却得到了一大束。
懂得感恩的人，有时能收获意外惊喜。

有段时间，在每个星期天的早晨，都会有朋友将一朵玫瑰花别在我的衣领上。时间一长，我就觉得这事很平常了。但有一个星期天，这件事变得非同寻常了。

那天，当我正要离开讲台，一个小男孩走了过来，站在我面前说："先生，您要怎么处理你的花？"我指着别在衣领上的玫瑰，问道："你是指这朵吗？"

他说："是的，先生。如果您要丢掉它，可否送给我？"我微笑着告诉他当然可以，并问他要做什么。这是个大概还不到10岁的小男孩，他仰头望着我，说："先生，我要把它送给我的祖母。去年我的爸爸、妈妈离了婚，他们都不愿收留我，便送我去跟祖母住。她对我太好了，不仅煮饭给我吃，还照顾我。所以我要把这朵漂亮的花送给她，谢谢她这么爱我。"

小男孩说完，我几乎说不出话来。我从衣领上取下花，对小男孩说："孩子，这是我听到的最好的故事。但我不能把这朵花送给你，因为这还不够。如果你走到讲台前，你会看到一大束花。每个星期都有不同的家庭买花送给教堂。请把那些花送给你的祖母，因为那样才配得上她。"

他的最后一句话，更使我深深感动并且永远难忘。他说："好棒的一天！我只要一朵花，却得到了一大束。"

写作技巧 / Writing Skill

故事情节一波三折，引人入胜："我"每天都得到朋友的花，却没把这当回事。而在听了一个小男孩的遭遇后，"我"慨然赠花。作者娓娓道来，文章情节曲折，感情充沛，令人赏心悦目。

爱的箴言 / Loving Speaking

祖母给予小男孩的爱，甚至超过了父母。有了祖母这唯一的亲人，爱的种子才没有在幼小的世界里夭折。感谢亲人吧，正因为我们沐浴在亲情的雨露中，才得以茁壮成长！

真正的爱，在自己心间

文/佚名

真正的爱未必是浪漫的，但一定是诚挚的；
真正的爱，在自己心间。

早晨大约八点半，医院来了一位老人，看上去八十多岁，是来给拇指拆线的。他不好意思地笑着对我说："医生，我要在9点钟到康复室和我的妻子共进早餐，请帮帮忙。"

这一定是一对恩爱夫妻，我猜想。我一边给他拆线，一边和他攀谈起来。老人告诉我，他妻子已经在康复室待了相当长的一段时间了，她患上了老年痴呆症。谈话间，我已经为老人包扎完毕。我问道："如果你去迟了，你妻子会生气吗？"老人解释道："那倒不会，至少在5年前，她就已经不知道我是谁了。"我非常惊讶："5年前她就已经不认识

你了？你每天早晨还坚持和她一起吃早饭，甚至还不愿迟到一分钟？"老人和蔼地笑了笑，说："是啊，每天早上9点钟与我的妻子共进早餐，是我每天最重要的约会，我怎么能失约呢？""可她什么都不知道了啊！"我脱口而出。老人又一次笑了，笑得有点甜蜜，仿佛又回到了几十年前两人恩爱无比的日子里。老人一字一句地对我说："她的确已经不知道我是谁了，而我却清楚地知道她是谁啊！"

听完老人的话，我突然想掉眼泪，我心中默想：这种爱不正是很多人一生都在期望的那种爱吗？真正的爱未必是浪漫的，但一定是诚挚的；真正的爱，在自己心间。🀄

写作技巧 / Writing Skill

运用悬念技巧，吸引读者阅读："我"不断地向老人提起约会为何不肯迟到的缘由，而老人总是欲说还休，直到最终说出心里话，"我"和读者也才心下释然。悬念解开的同时，读者也享受了极大的阅读乐趣。

爱的箴言 / Loving Speaking

为了一个终生的承诺，两个人相守一生，即使海枯石烂、山崩地裂，此情也不会动摇。这种"海誓山盟"的爱无疑是浪漫而美丽的。还有一种质朴无华的爱，它发自内心，真挚而纯洁，即使对一个早餐约会，也坚守如常，不负所爱。这样的爱更令人动容。

值钱的是手艺

文/日新

"最值钱的是什么？是手艺。"
舅娘的话，成了小表姐人生之路的航向标。

舅娘有一手绝活——刺绣。舅娘和大舅的结合就是从一只精美的绣球开始的。

舅娘的刺绣手艺是她母亲传给她的。多年来，老家靖西那一片，只要提起旧州镇的韦刺绣，没有谁不竖起大拇指连连赞叹。年轻的女孩常常连夜到她家学刺绣，特别是那些到了谈婚论嫁的年龄还不会刺绣的，早早约好，排着队向舅娘订做诸如绣球、手绢、绣花鞋之类的定情物，怕到时候没有漂亮的礼物送给心上人。聪明伶俐的姑娘还想方设法接近舅娘，跟她套近乎，希望学到一招半式。

　　其实说到刺绣也不算什么秘方，在我们家乡许多人都会，聪明的还专门收购刺绣品，拿到很远的地方做贸易，据说还卖到了国外。舅娘的刺绣特别吃香，总能卖个好价钱。因此，舅娘家的日子也就一天比一天好过。舅娘就希望她的两个女儿跟她学刺绣。

　　我的两个表姐中，小表姐比较聪明，有灵气，读到高中毕业，文化也最高。可是，小表姐就是不愿学刺绣，她认为整天埋头穿针引线，大门不出二门不迈的，没什么出息。她一心只想出去闯世界，挣大钱。那年暑假，小表姐和舅娘大吵一架之后，背着行囊去了深圳，走时说："我一定要活得比在家里好！"气得舅娘三天吃不好，睡不着。

　　小表姐一走就是3年，3年里只写过三封信回家。

　　第一封信是第一年春节写的，说深圳到处都是机会，只要运气好，干

一年顶做10年刺绣。舅娘一句话没说，吃过年饭就默默地弄她的刺绣。

第二封信是第二年春节写来的，说那边机会虽多，但留给乡下人的却很少，特别是像她这样没有文凭的。她依然替人打工，比在家做刺绣还辛苦。舅娘还是一句话没说，和外婆做了一桌丰盛的饭菜，吃饭时给小表姐也摆了一副碗筷。

第三封信当然是第三个春节写来的，舅娘看完信终于说话了："写封信叫小妹回来。"

半个月后，小表姐真的回来了，但是少了一根手指。

小表姐回来后，舅娘既不问她外边的事，也不支使她干活。小表姐就天天吃了睡，睡了吃。再懒的人也搁不住没事干，何况小表姐本来就很勤快。一段日子之后，她就主动和舅娘接近，跟她说这说那，进而四下找事情做。

舅娘说："你在这里碍手碍脚，倒不如去把房间里那堆麻线和五颜六色的布卖掉。"小表姐高高兴兴地装了一箩筐，拿到集市上去卖了50元钱。

几天后，舅娘让她去把一批做好的包袋卖掉，这次卖了500元钱。

又过了几天，舅娘又让她去卖大大小小的绣球和绣花饰巾，这次居然卖了5000元钱。小表姐把钱交给舅娘时，有一种抑制不住的兴奋。

舅娘说："同样是一堆线和布，原先值50元；做成漂亮的包袋，它值500元；再做成绣球和绣花饰品，它就值5000元。最值钱的是什么？是手艺。"

舅娘说这话时，一直没有停下手中的活计，甚至连眼皮也没抬。而表姐一下子明白了，从此开始踏踏实实地跟舅娘学刺绣。

现在我们老家那一片，都知道旧州镇有个手指残疾的刺绣姑娘，姑娘的刺绣是跟她的母亲学的，精美绝伦，远近闻名。🖼

写作技巧 / Writing Skill

以精彩的细节描写表现人物：细节描写是表现人物的重要手段之一。文中比较传神的细节描写有两处：一是舅娘接到小表姐的三封信后，其表情淡定自若，其举止充满自信；二是舅娘让小表姐去卖了三次绣品，用意味深长的话进行开导，其胸有成竹的样子让人佩服。

爱的箴言 / Loving Speaking

有时，你是否嫌妈妈的话太唠叨、奶奶的话"老得掉牙"？可是，对亲人的话，你是否认真品味了呢？那些话也许没有文学气息，但往往是他们的真情付出和智慧结晶。用心倾听亲人的话，你走在人生之路上，步履才会更轻盈矫健。

智慧的美丽

文/虹莲

他一路闯关，只为亲人实现梦想。
是亲情让他的智慧如此美丽，如此震撼人心。

那天晚上看王小丫主持的《开心辞典》，我流泪了。是那个人感动了我。他的家庭梦想都是为了别人，几乎没有自己一件。他要一台打印机送给远在加拿大的妹妹，因为妹妹只有电脑而没有打印机；再要两张去加拿大的往返机票，让父母把打印机送给妹妹；还要送一台电脑给父母，这样父母就可以通过电子邮件和妹妹通信了。

主持人问他："有把握吗？"他笑着说："当然。"因为要答十二道题，而每一道题几乎都机关重重，要达到顶点何其容易！

答题在继续着，悬念也越来越大，人们也越来越紧张。到最后一题

时，我手心里的汗几乎都流出来了，好像我就是那个盼望得到一台打印机、两张往返加拿大机票和一台电脑的人。

最后一题出来了，居然是六选一，而且是有关水资源的。他静静地看着这道题，好久没有说话。他的父母也坐在台下，紧张地看着他。而主持人也好像恨不得自己有特异功能可以把答案告诉他一样。这时他使用了最后一条求助热线，把电话打给了远在加拿大的妹妹。电话接通了，他却久久不说话，对面的妹妹急了："哥，快说啊，要不来不及了。"因为只有30秒时间。王小丫也着急了："快说吧，不要浪费时间了，这是你最后的机会了！"他沉默了一会儿，说："妹妹，你想念咱爸妈吗？"妹妹说："当然想。"坐在电视机前的我着急了，天啊，这是什么时候了，怎么还说这些没边儿没沿儿的话？他又说："那让咱爸妈去看你好吗？"妹妹说："那太好了，真的吗？"他点头，很自信地

说："是的，你的愿望马上就能实现了。"然后时间到，电话断了。

天啊，我一下子明白了，这道题他根本就会，答案早就胸有成竹了！他只是想给妹妹打个电话，只是想把成功的喜悦让妹妹分享！

我的眼泪一下子流了出来。为他的智慧，为他超乎常人的冷静和美丽。我从来以为只有"情"是美丽的，比如爱情、亲情、友情。从来没有想到，智慧也会如此美丽。它让我们慢慢麻木的心灵，在这个美好而机智的晚上，轻舞飞扬。🔲

写作技巧 / Writing Skill

营造紧张气氛，全面调动读者的阅读神经：作者巧妙综合了多方（"我"、观众、主持人、选手）情绪。这些情绪有机地交织在一起，不但调动了读者的阅读神经，也使文章达到了很强的艺术效果。

爱的箴言 / Loving Speaking

哥哥的一个电话，为远在大洋彼岸的妹妹送去了亲人的关爱，观众们不由自主地从心底里为他们祝福、欢呼。这是对纯净的亲情的盛赞和共鸣。亲情是人类独有的最宝贵的资产，是人们灵魂深处最触动人的一泓温泉。

祖母的硬币

文/佚名

祖母给予我的鼓励和爱心，
全都藏在那些闪闪发亮的银色硬币中。

儿时的我经历了一场特大暴风雪，这就是后来被称为"哥伦布纪念日的暴风雪"。那时，室内冷得像个冰窖。我蜷缩在棉衣里，挨着哥哥、姐姐坐在客厅，等着父亲把壁炉烧得更旺。父亲往炉膛里塞进了足够多的木柴，火苗便热烈地跳跃起来。父亲刚一转身，我们这些孩子便一拥而上，紧紧地挨着壁炉站着，期望能快些暖和起来。我烤暖了身子，伸出手，想试试火有多烫时，一个火星突然蹿出炉膛，落在我的棉衣上。仅仅是一瞬间的工夫，火星便点燃了棉衣，大火熊熊燃起……

醒来后，我发现自己正躺在医院里。母亲告诉我，我属于三度烧伤，左腿后侧的皮肤被大面积烧毁。连续数月躺在医院，每天都缠着厚绷带，那实在是我所经历的最痛苦的事。不久，我动了手术，臀部的一些皮肤被移植到左腿上。不幸的是，经验丰富的医生预言即使我康复了，左腿也会比较僵硬。"很可能，这个孩子会成为瘸子。"医生惋惜地说。母亲听完，痛哭失声。

身体的剧痛使正常行走也变得不可能，我整天躺在床上，心灰意冷。就在这种状况下，祖母来到了我的身边。

祖母住在镇上，而我家位于乡村。她每天都驱车来探望我，之后连夜返回镇上，从来没落下一天。祖母靠政府的救济金过活，可以说是非常穷，来来往往的汽油费她都得省吃俭用挤出来。

祖母根本不相信我不能正常行走的预言，她日复一日地鼓励我，甚至是哄骗我进行康复计划。

　　一天，在练了一上午行走后，我打算放弃了，自言自语："我再也不想练走路了。"祖母走到我身旁，拿出许多面值不等的硬币，一共是2角5分。那不是一点点、一小把，而是一大兜。2角5分的硬币，对于当时的一个小孩来说，是一大笔财富，这意味着一堆诱人的糖果。祖母挨着我的身子坐下，将这些发亮的硬币放到她的膝上。我从未见过这么多的钱，兴奋不已。这时，祖母说："只要你站起来，我就给你一枚硬币。"我非常想要硬币，于是，尽管腿很疼，我还是尽量站起来。祖母的脸笑开了花，她将一枚崭新的硬币放在我的手心。我立即坐下，因为腿上受过伤的肌肉被牵拉着的感觉实在很难受。祖母望着我的眼睛，鼓励我："我还有许多硬币呢！孩子，咱们再来一次，来，站起来！"我又站起来，又一枚奖赏的硬币放在了我的手心。

　　就这样，从祖母那儿赢硬币的游戏持续了几个月。祖母信心十足：我的左腿将不再僵硬，她的孙女是不会瘸着一条腿走路的。一天，我问祖母："如果您的硬币都用完了，那可怎么办？"祖母回答："别担心，孩子，我把全世界的硬币都为你攒着呢。"

整整一年，我都在家进行康复训练。终于，我能走得很好了，既不僵硬也不瘸。主治医生对我恢复走路这件事很是惊讶，他评价道："我治疗了这么多烧伤病人，还没见过能恢复得这样完好的。"

直到我的祖母去世，我也逐渐长大后，我才意识到祖母给予我的"礼物"是多么丰厚。"祖母希望你能和别的孩子一样的健康、完美无缺。"母亲告诉我。"可是，"我问母亲，"祖母那么多的硬币是从哪里来的呢？""我想，那都不是她的。"母亲说。

这些年来，我时常想起祖母，她曾给予我的鼓励和爱心，全都藏在那些闪闪发亮的银色硬币中。🔲

写作技巧 / Writing Skill

巧妙运用"留白"，加深文意："祖母那么多的硬币是从哪里来的呢？"文章没有给出明确答案。读者可自由发挥想象力：祖母借来的？全家人攒起来的？实际上，问题的答案并不重要，祖母的爱心才最重要。

爱的箴言 / Loving Speaking

一枚枚硬币，换得了"我"的重生，见证了一位慈祥老人对子孙的百般怜爱。我们能得到亲人如此的关爱和眷顾，真是三生有幸。想一想，幸福是什么？和亲人相濡以沫，有他们拳拳相教，就是最幸福而浪漫的事。

祖母的智慧

文/佚名

祖母用自己的亲身经历，
为我上了人生中重要的一课。

在 人生的漫漫旅程中，总会有些人永远驻留在我们的记忆中，时刻提示着、引导着我们的脚步。我的祖母就是这样一个人。她曾经用自己的亲身经历为我上了人生中重要的一课。

祖母年轻时，对园艺充满热情。当她和祖父把家搬到加利福尼亚州时，便把营建自己的新花园视为一次激动人心的冒险。

可是，美中不足，不管祖母怎样精心培育，花园中央的一棵果树就是拒绝开花结果。祖母不厌其烦地查阅了有关果树栽培的大量书籍，希望从中找到使它开花的方法；她甚至和它说话，为它唱歌，跟它讲道理——但可惜，这一切都无济于事。

　　最后，祖母拨通了加利福尼亚州农业部的电话。在列举了一长串祖母早已尝试的办法后，那位农业部的技术人员提出了一条戏剧性的建议——用扫帚柄击打果树的基部，以这种方法"刺激它的根"。

　　如果邻居们看到一个七十多岁的老太太用扫帚柄击打一棵果树，他们会怎样想呢？祖母拿着扫帚走近那棵顽固的果树，同时不由地左顾右盼。她知道，也许震动能对萎缩的树根产生作用，甚至激活果树，使其开花，可她实在怀疑这个古怪的方法能否奏效。

　　令祖母大为惊喜的是，第二年春天，这棵果树真的结出了累累硕果！许多年以后，她的孙辈们仍在尽情享用这棵树上的甜美果实，而且这棵果树一年比一年产量多，一年比一年强壮。我们在聚会闲谈时常把这事当做笑谈，它成了我们家的经典幽默。想想看吧，当一位严肃的老妪手持扫帚不停地狠命抽打一棵毫无还手之力的果树的情景，那该有多么可笑啊！

讲述上面故事的目的，并不是想要表达祖母有多么勤劳和伟大，而是要向大家阐释一个长辈对晚辈的教诲和引导。就在祖母去世的前几个月，也是我人生中一段极其艰难的时期，我曾打电话向祖母寻求帮助。祖母和我一起回忆着那棵果树的故事，然后亲切而诙谐地说："孩子，你正像这棵果树一样，根部正在经受着考验和击打，在这样的刺激下，只要卖力生长，就一定会开出更绚烂的花，结出更丰硕的果实……"听了祖母的话，我很快走出了困境。

如今虽然祖母已经离开了我，但她的身影从未在我的脑海中消失，她慈祥的话语还常常萦绕在我的心间，为我引导前进的方向。

写作技巧 / Writing Skill

运用类比掘进法，自然升华主题：通过类比联想而升华主题的方法就是类比掘进法。本文即采用了此法——作者先讲述果树复苏的故事，再将其与"我"向祖母寻求帮助的事件相结合，从而提炼出人生哲理，升华了文章主题。

爱的箴言 / Loving Speaking

一位不平凡的祖母，就像一部人间指南的大书。这部书中不断地放射出哲理的光辉，指引着后代勇敢地向人生之路的正确方向进发。

图书在版编目（CIP）数据

感恩亲人：令中国学生温暖一生的真情时刻／龚勋
主编．—汕头：汕头大学出版社，2012.1（2021.6重印）
ISBN 978-7-5658-0422-9

Ⅰ．①感… Ⅱ．①龚… Ⅲ．①散文集－世界 Ⅳ.
①I16

中国版本图书馆CIP数据核字（2012）第003470号

感恩亲人 令中国学生温暖一生的真情时刻

GANEN QINREN LING ZHONGGUO XUESHENG WENNUAN YISHENG DE ZHENQING SHIKE

总 策 划	邢 涛	印　　刷	唐山楠萍印务有限公司
主　　编	龚 勋	开　　本	705mm×960mm　1/16
责任编辑	胡开祥	印　　张	10
责任技编	黄东生	字　　数	150千字
出版发行	汕头大学出版社	版　　次	2012年1月第1版
	广东省汕头市大学路243号	印　　次	2021年6月第7次印刷
	汕头大学校园内	定　　价	34.00元
邮政编码	515063	书　　号	ISBN 978-7-5658-0422-9
电　　话	0754-82904613		

··· to be continued